GOBOOKS
& SITAK
GROUP©

致青春 032

時光微微甜

〈中〉

酒小七　著

高寶書版集團

目錄
CONTENTS

第三十五章

陳應虎第二天的行程是參觀南山大學。沈則木下午第二堂沒課，原本的計畫是由沈則木帶著陳應虎參觀，但是沈則木突然不想要這個表弟了。

所以導遊的重任又落到林初宴的頭上。林初宴翹了一天的課。

雖然林初宴喊他一聲「虎哥」，實際陳應虎與向暖同年，比林初宴小一歲。

陳應虎比向暖大兩個月，不過他和向暖站在一起時，看起來更像向暖的弟弟。一方面是因為向暖態度比他大方一些，他總顯得拘謹和被動；另一方面則是陳應虎的圓臉和鹿眼看起來十分稚氣。

陳應虎高二就輟學了，現在在國內頂級大學的校園裡參觀，他眼裡有毫不掩飾的羨慕。要說為退學而後悔，倒也沒有。不是他不想上學，實在是因為他不是那塊料，沒辦法。

參觀完主校區，林初宴又和他去鳶池校區。相較於主校區的古樸蒼鬱，鳶池校區的建築更加年輕和現代化。

昨天的雪還沒化完，今天鳶池校區整個披了一層潔白的紗，看起來別有一番意境。

向暖下課時天都黑了，她和閔離離一起去找林初宴他們倆吃飯。

閔離離對林初宴的印象停留在論壇裡的描述。目前論壇裡又增加了新的八卦熱點，且這八卦還與向暖有關——

據說林初宴一邊和沈則木眉來眼去，一邊追求向暖學妹；沈則木一邊和林初宴眉來眼去，一邊和向暖學妹搞曖昧；向暖學妹和兩個人眉來眼去，糾纏不清……三角戀大家見多了，但是很少有人能把三角戀玩成這樣的正三角形。林初宴不愧是風雲人物，玩個三角戀都這麼別緻，害人不淺。

閔離離就滿擔心的，怕向暖被騙。

另外她也很好奇向暖的偶像是什麼樣的人。

四個人一起去了當地特色菜館。閔離離坐在陳應虎對面，她發現陳應虎很靦腆，就總是逗他，把他弄得更害羞了，不敢和她說話，埋頭拚命吃飯。

「小姐妳少說話、多吃菜。」向暖不停幫閔離離夾菜，希望藉此堵住她的嘴巴。

林初宴去一趟洗手間，閔離離見狀便跟了上去。

然後在洗手間外面，林初宴被向暖這位死黨警告了。

閔離離身高不到一百六十公分，和林初宴講話要吃力地仰著頭。話雖如此，她依舊努力保持自己的氣勢說：「我們家向暖很單純，你是什麼人我可是很清楚，你要是敢騙她，呵呵，老娘就把你三條腿一起打斷。我說到做到。」

林初宴一怔：「我是什麼人？」她怎麼就清楚了？

閔離離卻擺出一副「言盡於此」的神情，轉身就走。與人對峙的要訣就是不能多說話。話越多，氣場越小。

「喂。」林初宴突然叫住她。「是不是向暖跟妳說了什麼？」

她背對著他，回答：「沒有。」

他輕輕地鬆了口氣。

又一頭霧水。

林初宴在洗手間的鏡子前照了半天，像個自戀狂。他很無法理解。向暖覺得他欺騙了陳應虎，閔離離防備他欺騙向暖……他看起來很像騙子嗎？

※　※　※

陳應虎其實是個聰明圓滑的人，遠不像外表那樣傻氣。

他看得出向暖和林初宴都想繼續跟他做直播，但是晚上也不太方便帶女孩進飯店。就算向暖不介意，林初宴介不介意呢？就算林初宴不介意，萬一可哥知道了多想呢……

所以陳應虎揹著電腦出門，晚飯後在茶館開了包廂，三人又可以一起玩了。

向暖和林初宴昨晚已經被虎哥直播間的粉絲認出來，就是曾經在虎哥面前裝小學生的那個二百五。粉絲們嘰嘰喳喳討論了好久，有人認為這緣分真奇妙，有人認為那時候就是為了節目效果做表演，難道沒看到虎哥因為那次直播被投稿到熱門文章，多了不少粉絲諸如此類……

但這些都是少數，最主流的彈幕是要求他們多講話，還有人請求林初宴唱歌。

向暖當時說了一句：「不許唱。」

林初宴笑道：「好，不唱。」

彈幕莫名又炸了。向暖看著那些曖昧的討論內容，覺得她和林初宴的關係是怎樣都解釋不清楚了……

臉有點熱。

陳應虎適時說道：「那就由我來唱首歌給你們聽吧。」

彈幕立刻變成了：

——虎哥自己人不要唱！

——跪求虎哥閉嘴，謝謝！

——虎哥不唱歌，我送禮物給你。

——虎哥，上次你唱歌，我把聲音放出來，我媽差點報警，你知道嗎？

但是陳應虎堅持唱了一首，人氣當場流失了百分之三十。之後他不唱了，認真專注於遊戲，人氣又都回來了。

向暖跟虎哥做直播的這兩天玩了好多場大喬，算是盡興了。

陳應虎對向暖說：「妳並不是操作得不好，妳缺少的是全域觀。全域觀不好的人玩不好大喬。」

因為大喬這個英雄的特色是批量空投隊友，走的是快遞流，什麼時候救人、什麼時候開啟團戰、什麼時候撤退，都需要一個準確的判斷。

「那我要怎麼培養全域觀呢？」向暖虛心求教。

「需要多打，加深對整個遊戲的理解。」

其實不只向暖有這樣的問題，陳應虎發現林初宴也差不多。這兩人都是第一次玩這類遊戲，就算反應快操作好，也無法完全彌補經驗和意識的不足。所以林初宴不管玩什麼英雄，操作騷起來時亮瞎人眼，鬧起來時玩出人命，發揮極其不穩定。

這天晚上向暖玩夠了，林初宴送她回去。兩人走在路燈下，向暖說：「我終於知道你為什麼喜歡虎哥了。他個性真的超好啊。」

林初宴皺起眉說：「妳把話說清楚，什麼叫我喜歡他？」

「你不喜歡他嗎？」

「我……是直的。」

向暖笑了，說：「林初宴你腦子是怎麼長的？你長歪了啊。」

林初宴望著她笑，也不說話。暖黃的路燈下，他臉部的線條顯得分外柔和，讓目光都帶了幾分柔化效果。

向暖被他注視著，想起虎哥直播間那些彈幕便有些難為情，低頭說：「你笑什麼啊？」

「沒事。我是真的把他當朋友，所以妳放心了？」

向暖其實一開始非常意外，不是說不相信林初宴，而是無法理解兩人怎麼能夠只用一星期的時間就建立起那麼好的交情。但是這兩天的相處，她得出一個結論：只要林初宴認真對某個人好，那個人是很難有抵抗力的。

所以就一點也不奇怪了。

向暖不好意思說出自己真實的想法。其實，看到虎哥和林初宴相處得那麼融洽，她……她有點羨慕嫉妒恨……QAQ

※　※　※

陳應虎是搭星期二晚上的飛機回家。

這天下午林初宴有實驗課，沒辦法翹掉。他問陳應虎要不要參觀他做實驗，陳應虎打聽了一下實驗的內容。從林初宴講的那些陌生詞彙，陳應虎想起了高中時被物理支配的恐懼，於是謹慎地謝絕了。

陳應虎突然就不羨慕那些大學生了。他們要讀書、上課、做實驗……好可憐。

林初宴他們的實驗課是兩個人一組。他和鄭東凱一組，做實驗向來是最快的，因為林初宴實際操作能力很強。

鄭東凱每每想到這裡就會嫉妒得牙癢癢。林初宴那麼懶，怎麼配得上那麼好的實際操作能力……

毛毛球和大雨今天的實驗出了點麻煩。他們的實驗資料不對勁，不需要算，看一眼就知道不是正常的結果。

別人都做完實驗下課走了，這兩人還守著一堆資料，急得直冒汗。

林初宴難得同學愛氾濫，安慰他們兩人：「不要急，我們的資料給你們抄，隨便修改一下就行。」

「我們才不要抄呢！」

鄭東凱擦了一下額頭。「初宴，哪有人像你這樣安慰人的。」

林初宴摸了鼻子說：「那我幫你們做吧，或者我指揮你們。」

毛毛球和大雨都是一臉狐疑，防備心很重的樣子，問他：「你有什麼目的？」

「沒有目的。」

「呵呵。」

林初宴摸了摸下巴，問他們：「我看起來像是在騙人嗎？」

「特、別、像！」

所以，他又被人當成騙子了？

壓垮駱駝的最後一根稻草發生在晚上。

晚上，林初宴傳了一則訊息給媽媽——自從那次順利幫媽媽要到向大畫家的作品，爸媽又把他加回好友了。

林初宴：媽，我好像戀愛了。

越盈盈的手機收到兒子的訊息時，她正坐在梳妝檯前對著鏡子弄面膜，所以沒看到。

林雪原靠在床上看書，見她手機螢幕亮了就說：「老婆，妳有訊息。」

「誰啊？」

「我看看。」林雪原手臂一伸，拿過手機。「小混蛋。」

「幹嘛啊？」越盈盈臉上貼著面膜走過來。

「還能幹嘛，騙錢吧。」

「喔，這沒良心的。」

「我幫妳刪了。」

「嗯，刪吧。」

越盈盈也沒太當一回事，又撕開一片面膜。「老公，你也敷一下。」

林雪原一陣頭大。「我一個大男人，不用。」

「不行，你要是皺紋太多，我會嫌棄。」

林雪原只好乖乖地讓越盈盈幫他敷面膜。他倒是想自己弄，但越盈盈看不過去。

兩人穿著情侶睡衣，一人一片面膜，靠在床上休息。
林雪原突然也收到一則訊息。他頂著面膜拿了手機看一眼。
林初宴：爸，我好像戀愛了。
呵呵。
他想也不想就刪掉聯絡人。
在連續被全世界的人不信任之後，林初宴大概確定自己也許長著一張詐欺犯的臉。

※　※　※

林初宴週四無法去開社團例會，他要回家幫媽媽過生日。
越盈盈不喜歡人多，所以她過生日一般不會辦生日會，只有自家人在一起慶祝一下。雖然已經夠低調了，每年依舊會收到很多生日禮物。
今年她收到最滿意的生日禮物是向大英的畫；最另類的生日禮物是兒子送的。
林初宴這學期上了一門選修課叫3D設計，他自己設計了一款生日蛋糕，用學校實驗室的3D印表機列印出來，送給媽媽當生日禮物。
越盈盈有點嫌棄，但又不想傷了兒子的自尊心，所以還是包了五百塊人民幣的紅包給他。
林初宴也有點嫌棄。

「別嫌少，你租衣服得租五天才能賺這麼多呢！」

好吧，他租衣服的事還是被爸媽知道了。

事實上，林初宴的出租生意做得並不順利。那套衣服是按照他的身材訂做的，人與人千差萬別，能把他的衣服穿得好看的並不多。胖子穿不下，瘦子穿著像猴戴帽。尤其那條褲子，很多同學穿的時候要挽褲腳，搞得像插秧大隊，非常尷尬。

「你到底是怎麼跟向畫家搭上線的？」林雪原還是好奇。

林初宴因為爸媽對他的不信任，還是有點情緒，所以偏不說。

林雪原又說：「你知不知道，人家向畫家畫這幅畫，分文未取。」

「那你怎麼好意思？」

「我當然不好意思，但人家不要，我有什麼辦法？再說，他是藝術家，性情中人，我要是老講錢，顯得我多庸俗。」

林初宴沉吟了半晌後說：「你把錢給我，我拿去給他。」

「滾！」

林初宴於是老實了。

過了一會兒，林初宴又問他爸：「那位向畫家沒有跟你打聽過我嗎？」

「沒有。你幹嘛問這個？」

「沒什麼。」林初宴低頭假裝看手機，垂下眼簾，掩飾眼底那一閃而過的落寞。

※　※　※

轉眼又到了星期六，這天向暖他們要打準決賽了。

準決賽的對手是「黑色空間」戰隊。

黑色空間戰隊的五個人都是最強王者。向暖在賽前做了點功課，知道這個戰隊的五人是同班同學，雖然都是最強王者，實力卻是參差不齊。

其中最厲害的是他們的上單，擅長的英雄是老夫子。

上單的意思是單獨一個人走上路，一般來說與之對抗的是敵方的射手＋輔助。一人對兩人，通常吃力不討好，壓力很大，所以上單又稱「抗壓路」。

老夫子能打能抗又跑得快，既能夠團戰，也非常適合單獨作戰。「黑色空間」戰隊的老夫子經常是一個人默默帶兵線推塔，留隊友們在別處玩，玩著玩著，老夫子就一個人默默把敵人的塔都推掉了……很可怕。

所以向暖他們這次準決賽絕不可能把老夫子放出來，必須禁掉。

敵方還以顏色，禁了向暖的東皇太一和林初宴的李白。

林初宴的李白也不是說多好，主要是不穩定性太大了。你不知道他是騷還是鬧，是神還是鬼，所以就無法應對。

林初宴也沒打算玩李白，這次還是選法師。

到了比較高端的局，妲己這類沒有位移技能的法師出場次數就少了，因為柔弱，太容易被針對。最近林初宴練的是貂蟬。

貂蟬這個英雄看起來很美，實際上散發著來自開發組的深深惡意。因為貂蟬所有技能裡最大的亮點並沒有寫進技能描述——

貂蟬二技能釋放的那一瞬間，有一個零點幾秒的無敵狀態。如果時間算得準，憑藉這個無敵，她能躲掉任何攻擊。

二技能的位移和無敵效果使貂蟬的生存能力大大提高，讓身為法師的她可以和敵人貼身肉博，裝備好一點可以一打三，唱著歌跳著舞就把敵人都耗死。

當然，前提是裝備要好。

所以貂蟬很需要隊友的寵愛，讓錢讓經驗讓藍 Buff，好東西統統留給她。

這麼一想，向暖竟然覺得貂蟬和林初宴有點像。都是那種看起來嬌滴滴，需要別人寵愛，然後殺傷力又很可怕……

向暖選的輔助是蔡文姬。

這局遊戲，林初宴的貂蟬發揮還不錯，不過沒讓對方氣炸。真正讓敵人氣炸的是蔡文姬。

蔡文姬的操作很簡單，主要技能是加血，次要技能是眩暈控制。眩暈時間並不長，所以一般來說不可怕，但那要看是放在誰手裡。向暖手裡的蔡文姬，瘋狂加血就不用說了，眩暈技能還用得非常到位，讓對方氣得牙癢癢。

這局遊戲贏了，她的蔡文姬也就被禁了。

向暖覺得好委屈。別人禁英雄都是禁戰士打野之類的，怎麼她玩個輔助老是被禁。輔助那麼可愛，又不殺人，幹嘛欺負輔助？

被禁了蔡文姬，向暖配合初宴，拿了莊周。

貂蟬最怕的是被控制，莊周最擅長的是幫隊友解控，這兩個英雄可謂一拍即合。

所以第二局打得比第一局還順利一點。

敵方這才發覺貂蟬的可怕之處，可惜為時已晚。一個經濟發展壯大的貂蟬配上犀利的操作，還有可靠的隊友，基本上可以藐視眾生了。

但這局遊戲其實差點輸了。

因為某次團戰到關鍵時刻，突然有人打電話給向暖，她才想起自己忘記設勿擾模式了，於是看也不看就掛掉。

電話又打來。

她這才看清是媽媽打來的。

「離離，妳幫我回個電話給我媽媽！」向暖掛斷電話，迅速報了一串電話號碼給坐在一旁的閔離離。

閔離離今天無聊，就來看他們比賽。她又看不懂，只好坐在一旁發呆。

聽到向暖這樣說，閔離離連忙起身出去打電話給向媽媽。

過了一會兒，向暖比賽結束，順利進入決賽，她和夥伴們擊掌歡呼。

閔離離拿著手機回來說：「暖暖，妳爸媽來了，現在正在湖邊涼亭等妳。」

「啊？他們怎麼招呼也不打一聲就過來了？」向暖感到疑惑。

「我不知道。叔叔阿姨聽說妳在比賽，就說……」

「說什麼？」

「說要請妳的戰友們吃飯。」

向暖一臉莫名其妙。

她總覺得哪裡怪，好像有一個重要的細節被她漏掉了，但又說不出來是什麼。她只好看了看她的「戰友們」，問道：「我爸媽想請你們吃飯，你們要去嗎？」

鄭東凱他們三個人一起看向林初宴。寢室老大是誰，一目了然。

林初宴難得看起來一本正經，說了一句：「卻之不恭。」

鄭東凱視線向下飄了一下，看到林初宴正用力握著拳。這表明初宴他緊張了。

哈哈哈哈哈哈……

※　※　※

向大英和妻子任丹妍今天之所以突擊，看望女兒是其次，主要是想看看傳說中和女兒玩在一起的那個學長。

他們也是沒辦法了。每次爸媽問起，向暖都會岔開話題，好像很不想談論那個人。

向大英好奇又不放心，還夾雜著一點「寶貝女兒長大了，有小祕密了」之類的傷感，總之五味雜陳。

任丹妍的心態也差不多。

他們又不想找林雪原打聽。要是沒那麼回事，被誤會了也不好。

想來想去，只好親自走一遭了。

夫妻兩人在涼亭裡沒等多久，向暖一行人就來了。

向暖和閔離離並肩走在前面，像兩個小首領，身後跟著四個男生。相較之下，男生們顯得人高馬大。

「爸媽，你們怎麼來了？冷不冷啊？」

「不冷不冷。」任丹妍說著，看一眼向暖身邊的女孩。「妳就是離離吧？真可愛！」

「謝謝阿姨，叔叔阿姨好！」

然後向暖把自己的戰友們介紹給爸爸媽媽。

向大英和任丹妍不動聲色地打量林初宴。

第一印象：孩子長得可真好。

第二印象：看起來很乖啊。

單看外表的話，還算滿意吧。向大英即使想挑剔，當下也挑不出什麼。

嗯，再看看。

林初宴手心全是汗，不敢多說話。

林初宴近期對自己的臉極度缺乏信心。他不想被人當成騙子，尤其不想被眼前這對夫妻當成騙子。

所以就盡量少說話，言多語失。

別人不問，他就不開口；別人問了，他也盡量答得簡單。

向大英和任丹妍表現得很自然，並沒有把全部的注意力都放在他身上。與林初宴聊幾句，又與別的孩子聊幾句，每個人都照顧到。

他們一邊走一邊聊天，氣氛倒是滿熱鬧。

午餐他們吃海底撈。

吃了一會兒，向氏夫婦把林初宴的基本情況都套得差不多了。

當過班長；功課成績好，全國大專院校入學考試比向暖高幾十分；鋼琴十級；理想是做科研；上大學後爸媽就不給生活費了……

向暖總算明白了，急忙說：「爸媽，你們在幹什麼啦！」

「哈哈，暖暖快吃肉，媽媽幫妳夾……離離還要不要啊？」

閔離離吃得嘴唇通紅，抬起小臉說：「要！謝謝阿姨！」

向暖臉都紅了，不自在地扭了扭身子說：「你們怎麼盡是瞎鬧啊！」

林初宴就坐在她身旁。他視線一斜看了她一眼，覺得她這樣很可愛，但是他不敢笑。

他繃住表情幫向暖倒了點酸梅湯，接著也幫另一邊的室友們續杯，然後無視室友受寵若驚的眼神，長臂一伸，越過向暖和閔離離，把任丹妍空了一半的杯子也拿過來倒了酸梅湯。非常自然不做作。

任丹妍笑著道了聲謝。

林初宴嘴角輕輕一抿說：「不用客氣。」

接著林初宴問向暖：「要吃肉丸嗎？」

「不要。」

「要吃蝦嗎？」

「不要不要……噯，你先不要和我講話了！」向暖覺得林初宴不會懂她現在的尷尬，也無法和他解釋。

林初宴於是乖乖閉嘴，默默地吃東西。

任丹妍偷偷打量林初宴，感覺這個男孩真是越看越乖巧。

第三十六章

吃過午飯，向大英和任丹妍在向暖他們的學校逛了一圈，之後就回去了。他們帶了些吃的給向暖，是向暖的外婆做的醬牛肉和滷雞蛋，從車上拿下來，鼓鼓囊囊的一大包，提在手裡特別重。

林初宴幫向暖把東西提回去。在路上，向暖翻了一下，看到醬牛肉有三個保鮮盒，滷雞蛋是用一個大的餐桶裝。她自己留下一盒牛肉和一小部分雞蛋，剩下的全讓林初宴他們拿走。

「妳自己留著吃。」林初宴不想拿。

「我吃不了。」

「留給室友。」

「室友也吃不了。」

向暖沒辦法告訴林初宴她們寢室四人只有閔離離和她關係好，另外兩個室友一直和她保持距離，不遠也不近。平常客客氣氣的，但很少一起玩。

原因有點狗血。

那兩個室友同時喜歡同系的一個男生，全宿舍的人都知道。本來是這兩人之間彆扭，結果沒過多久，她們共同喜歡的男生跟向暖表白了。

向暖尷尬地拒絕了他。

從此以後，那兩個女生就團結一心，形影不離，對向暖都有點疏遠。

當然，也沒到有敵意的程度，最多就是心裡有疙瘩，覺得彆扭。

這時向暖把東西給林初宴，自己和閔離離回宿舍了。林初宴望著她的背影，一邊把手裡的東西遞給身旁的鄭東凱。

鄭東凱像個大總管，態度略顯狗腿地接過那些吃的。然後他說：「向暖人真好。」

林初宴心想：廢話。

林初宴有點心事，沒辦法跟人說。

※　※　※

任丹妍和向大英開著車，不久便上了高速公路。向大英的駕駛技術很爛，以前開車不是違規就是擦到別的車，所以一般都是任丹妍開車，他的駕照就是用來扣分的。

任丹妍一邊開車一邊問身旁的丈夫：「你覺得怎麼樣？」

向大英很難對林初宴有好感，畢竟這小子有可能是來糟蹋他家女兒的。人只要用心仔細挑，總能挑出缺點。所以他說：「長得好看有什麼用，搞不好是個繡花枕頭。」

任丹妍一樂：「你在說你自己嗎？」

向大英：＝＝

向大英又說：「沉默寡言，木訥。」

「我倒覺得話少一點比較好，顯得穩重。而且他談吐很好啊，一點也不木訥。孩子可能只是老實，害羞。」

向大英低頭繼續想詞。

任丹妍笑著說：「好了，我們也不操孩子的心了。今天只是不放心來看一看，暖暖都不高興了呢……噯，我說，你有沒有覺得我們暖暖和以前不太一樣了？」

向大英點了一下頭說：「她個性變得外放了些，話也比以前多了。」

「是啊。而且，暖暖在他們那個什麼戰隊裡——是這麼說吧？」

「對，戰隊。」

「她在他們戰隊裡好像是領頭羊。」任丹妍說到這裡笑了笑，神色中有點自豪。「你看出來沒？別人都聽她的話。原來我們女兒還有領袖氣質呢。」

向大英也笑了，望著車窗外飛快掠過的山色說道：「只是小孩瞎鬧吧。」

任丹妍想到一件事，收斂笑容說：「可是我覺得暖暖變得有點霸道了。你看她跟林初宴講話時的樣子，她平時會不會老是欺負人家？」

向大英有點糾結。他既不想承認自己的女兒欺負人，又覺得……暖暖欺負林初宴……想一想好像還滿消氣的……

任丹妍視線迅速地斜了一下，看到他的表情。她以為他又在擔憂，於是安慰：「你就放心吧。林初宴大學入學考分數那麼高，肯定是個好孩子。暖暖要不要跟他交往是暖暖自己的事，我們就不要多管了。」

※　※　※

第二天的麻將決賽和節奏大師決賽，林初宴不負眾望，真的都拿了冠軍。

歪歪學長親自把獎金交到他手裡。

這兩個項目都是小眾項目，麻將比賽又是臨時加的，所以獎金不多，兩個冠軍加起來獎金一千多塊人民幣。

林初宴把這些錢給向暖，向暖沒拿。

她還記著昨天爸爸媽媽來搗亂。雖然現在表面看不出來，但她心裡多少還是覺得彆扭，所以現在這個時刻就想和林初宴劃清界線，於是說：「不要了。」

「我說過要給妳的。」

「賞你啦。」

林初宴就請向暖吃飯，向暖又叫上了閔離離。

吃一頓飯只花了兩百多塊人民幣，獎金還剩一千三百塊人民幣。林初宴用剩下的錢幫向暖買了一樣新年禮物。

是啊，新年快到了。

今年的元旦小長假從三十一日開始放。三十一日是週五，平時如果遇到三天長假，向暖肯定會回家。但是這次不行，因為週六有決賽，她要好好準備。

三十一日這天，鄭東凱回家了，毛毛球和大雨因為上次實驗課失誤事件而幡然悔悟，做人不能太林初宴，他們這些凡人還是要兼顧一下功課，於是兩人相約去自習室了。

向暖在圖書館登入遊戲，邀了林初宴，但被拒絕了。

林初宴：妳在哪裡？

向暖：圖書館，怎麼了？

林初宴：等我。

向暖：？？

林初宴：^_^

什麼鬼啊……

向暖有點看不懂。

她拉了一下好友名單，看到虎哥在線上，但是她沒邀他。她知道虎哥這兩天慶祝新年，要辦活動，每天帶粉絲群的玩家。

很多主播都會有帶粉絲玩家的活動。粉絲跟著厲害的主播組隊五排，贏多輸少，多上幾次主播的車，段位就能慢慢打上去。所以王者榮耀裡擁有較高段位的玩家未必擁有同樣高的實力，他們有可能是自己打上去的，有可能是主播帶上去的，也有可能是虛榮心作祟，花錢請代練打上去的。

熟悉的隊友都不在線上，向暖只好自己去單排。

自從跟林初宴混在一起，她就極少單排了，漸漸忘記了單排的風險。今天才排第一局，那種熟悉的無力感又回來了。

向暖為了避免害隊友，就用自己熟稔的張飛。結果一進遊戲，同隊裡一個孫悟空和一個虞姬因為搶紅 Buff 而打起來了。

雙方情緒激動，又不能殺隊友，只好文鬥。

向暖一陣頭疼。

中路法師是個不知火舞，看了一會兒熱鬧，冷漠地評論一句：菜雞互啄。

向暖一看呵呵，這氣勢不錯，一定是個會玩的。於是她不那麼關心虞姬了，打算多多配合不知火舞。

結果這不知火舞差點把她害死。

然後兩個菜雞互啄就變成三個菜雞互啄了……

向暖有點心灰意冷。她認為一定是系統覺得她太優秀，所以幫她匹配了這麼一群人。

這遊戲從一開局就這麼亂糟糟地打著，輔助的無能為力就體現出來了。向暖已經做好掉星星的準備，又不想坐以待斃，於是忙得焦頭爛額。

他們還在吵，吵了一會兒就開始點投降。

五個隊友裡如果有四個同意投降，這局遊戲就可以直接裁定輸贏，然後結束。

向暖打遊戲的原則是寧可被打得不成人形，也絕不投降。所以如果遇到有人發起投降，她就會點拒絕。

她發現每次發起投降都是三個人同意，兩個人拒絕。拒絕的人中有一個是她，另一個……應該是那位一直默不作聲的隊友。

那個隊友玩的是露娜。

露娜號稱是一個「有著無限可能」的英雄，玩得好能一打五。當然絕大多數是玩不好的，連單挑都有問題的那種。

向暖調出資料看了一下，發現露娜的戰績是零，沒有殺人、沒有助攻也沒有死亡。這個戰績乍看像個廢物，但放在眼前這局遊戲裡算很好了。因為向暖他們這隊已經被敵人打出腦漿，而露娜竟然一次都沒死，簡直是奇蹟。

向暖又看了一眼露娜的金幣。很好，和敵方最有錢的英雄持平。

她立刻提升氣勢，扔下那三個笨蛋，飛奔著跑去找露娜。什麼虞姬啊、不知火舞啊，你們自生自滅吧，我要保護好我的露娜姊姊！
露娜沒有辜負她的厚望，在某次團戰中打出一個五殺，團滅了敵人。
向暖知道這個露娜厲害，卻沒想到這麼厲害，她有點看呆了。
但是那之後，向暖剛剛燃起的信心被一盆冷水澆滅——露娜躲進草叢回家，接著回到泉水之後就！不、動、了！
啊啊啊……怎麼回事，露娜姊姊斷線了嗎？還是說讓隊友丟完臉，就突然不想玩了？不不不，至少先推了敵人的水晶再說啊……你快回來，我一個人承受不了……
向暖的心情一起一伏，可比在玩高空彈跳，真刺激。
然後，就在向暖已經絕望時，她看到隊伍頻道多出一行字。
忘卻：好好打　能贏。
是暖暖啊：嗚嗚嗚，露娜！你剛才是斷線了嗎？我還以為你不玩了！/(ＴｏＴ)/～
忘卻：沒。
這個字出現的時間太慢，有點不正常。聯想到剛才那句話出現的時間……向暖的腦中突然產生了一個可怕的想法。
是暖暖啊：露娜剛才不會只是在打字吧？
忘卻：嗯。
又是很慢才出現的一個字。

是暖暖啊：…………………

是暖暖啊：你這打字速度跟玩遊戲的手速不像親生的，哈哈哈哈。

忘卻：……

是暖暖啊：露娜別回我了，這局遊戲全指望你了。

是暖暖啊：其他三個小可愛，你們愛怎麼玩隨便你們，把藍讓給露娜啊，摸摸頭~~

又是小可愛又是摸摸頭，那三個人被猛男張飛這樣對待，也有點不好意思，所以後來就沒再吵了。

最後露娜帶著他們走向勝利。

向暖這局遊戲打出了超級逆襲的感覺，神清氣爽。遊戲結束後，她加了這位叫「忘卻」的玩家好友，很快就通過了。

但是她再邀請忘卻打排位時，被拒絕了。

向暖心想：難道自己剛才被嫌棄了嗎？也是，人家操作那麼犀利，一般人大概根本入不了這位的眼……

她正感到傷心時，忘卻傳了訊息給她。

忘卻：我要去搬磚。

向暖發現這朋友滿有趣的，工作就工作，還搬磚咧。她一樂就回應：喔喔，你忙你忙，有空再一起玩，不用回我。^_^

忘卻：嗯。

向暖在圖書館玩了一會兒，發現自己並沒有看書的可能，於是決定回寢室玩。

她在路上遇到了姚嘉木，也不知道姚嘉木受了什麼刺激，臉色看起來不太好。向暖跟她打了招呼意思一下，想自己走，結果姚嘉木叫住她。

「向暖，我們談談。」

※　※　※

林初宴並沒有告訴向暖他要來鳶池校區。

他想給她一個驚喜。

他穿著褐色條紋復古大衣，脖子上鬆鬆垮垮地圍了一條淺灰色圍巾，兩手插口袋。口袋裡躺著一個小盒子，他的手一直握著那個小盒子。

這小子天生是個衣架子，加上一張帥臉，現在穿成這樣有點風騷，一路走來，男女老少的視線都追著他。

門口警衛室的大叔可能是有點寂寞，把臉探出窗口問他：「同學，是不是要約會啊？」

林初宴低頭笑了笑，沒作聲。

他本來打算直接去圖書館找向暖，卻沒料到在路上就看到她了。

不只她，還有姚嘉木。

但她們沒有看到他。

林初宴覺得有點奇怪。向暖和姚嘉木應該沒什麼共通話題，她們唯一的共通話題可能只有沈則木了。

他對姚嘉木沒興趣，但是對沈則木就……

林初宴走過去，那兩人只顧自己說話，並沒有注意到他。

他躲在牆後聽她們說話。

姚嘉木說：「向暖，妳都有林初宴了，為什麼還要纏著沈則木不放呢？」語氣有點哀怨。

林初宴緊緊握著口袋裡的小盒子。他突然無法抑制地心跳加速。

向暖有點啼笑皆非，回答：「學姊，妳這話說得沒道理啊。人和人在一起靠的又不是計畫分配，而是感覺。我對林初宴沒感覺，對沈則木有感覺，不行嗎？每個人都有喜歡沈學長的自由，學姊可以喜歡他，我一樣可以。」

林初宴只覺得心口彷彿突然遭到一拳重擊，沉悶而有力。他靠著牆面，仰了仰頭。

冬天的陽光照進他的眼睛，有點刺眼。

後來向暖和姚嘉木又爭了一會兒，兩人雖然都負著氣，但到底是性情溫和的女孩子，並沒有真的吵起來。雙方給對方留了點面子，說了幾句話就這麼不歡而散。

她們離開之後，林初宴還靠著牆發呆，像一尊雕像。

過了一會兒，他緩緩將口袋裡握了許久的東西掏出來。

那是一個黑色的小盒子，盒子打開，裡面躺著一枚胸針。胸針的價格只有一千多塊人民幣，並沒用什麼名貴材料，但勝在有設計感。青銅做的枝葉上吊著兩顆櫻桃，櫻桃是用玻璃珠做的，通透而內斂的暗紅色，低調耐看又不失活潑。

林初宴第一眼看到這枚胸針時，就覺得向暖一定會喜歡。

他托著盒子，在陽光下轉了轉，看著隨著角度的變化，光線在那暗紅的玻璃珠內折射出不同的光彩。看了一會兒，他覺得有點無聊，「啪」的一聲闔上盒蓋，轉身走了。

路過一間福利社時，林初宴腳步一繞走進去說：「給我一包菸。」

他穿得太風騷，福利社老闆覺得是個冤大頭，就給了他一包中華。

林初宴買了菸，又買了打火機。這是他第一次抽菸，沒經驗，吸第一口就嗆出眼淚，肺特別難受，像是被火燒了。

這個頹廢路線不太好走，林初宴把菸撚滅在垃圾桶邊，剩下的都給了門口的警衛大叔。

走出學校，他站在人來人往的路口。

高樓大廈，車水馬龍，天高雲淡，陽光燦爛。

周圍那麼喧囂，他卻有點孤獨。

之後林初宴去了酒吧。

他找了一家安靜的酒吧，一邊喝酒一邊聽音樂。心裡頭鬱結的那點小心思被酒一澆，就更加鬱結了。

向暖傳了一則訊息給他：林初宴！我在遊戲裡遇到一個超級厲害的人！露娜玩得特別棒！那麼多感嘆號，可見她心情有多激動。

林初宴沒見過比她更少根筋的人，前腳才跟情敵過了招，後腳就關心遊戲裡的陌生高手。他現在不想回她訊息，於是繼續喝酒。

這酒吧的音樂下午時是民謠，晚飯之後就換成了流行歌曲，夾雜著搖滾。歌手撕心裂肺地吼，林初宴感覺內臟都要被震出來，實在受不了，他只好放棄借酒澆愁，離開酒吧。

出來之後，被凜冽的夜風一吹，他頭有點疼。

手機不停在震動，是很多人在傳新年快樂之類的訊息。林初宴握著手機，指尖輕輕劃著，一則一則地看。他看到向暖在一個小時前又傳了一則訊息給他：林初宴，你怎麼突然失蹤啦？搞什麼飛機啊？

林初宴打電話給向暖。

『喂？』

「向暖，我在妳學校附近。」

『啊？』

「我想見妳。」

『不行，林初宴，我現在沒時間見你。』

林初宴突然有些火氣，說道：「妳是不是在躲我？」

『林初宴……』

「是不是在躲我？嗯？」

『林初宴——』向暖講話的語氣帶著哭腔：『離離她好像食物中毒了。』

林初宴腦子立刻清醒了幾分。「妳在哪裡？」

『我還在寢室，離離她肚子痛，吐個不停。』

林初宴覺得學校保健中心可能不可靠。他攔了輛車，車可以開進學校，但只能停在主幹道，到不了宿舍那邊。他去向暖的寢室把閔離離揹下來，揹到計程車上。三人坐計程車去離學校最近的一家私立醫院。

逢年過節公立醫院的人很多，私立醫院相對好一些。

醫生問了閔離離今天吃了什麼，然後幫她做了檢查、開藥，讓護士帶她去病房吊點滴。

閔離離靠在病床上，一臉慘白，淚珠滴滴答答地順著臉頰滑落。

向暖問道：「離離妳是不是還有哪裡不舒服？我去跟醫生說。」

「沒有，我只是想家了。」

向暖摸了摸她的頭。人在脆弱的時候就特別容易想家。

閔離離說：「你們出去，不許看我哭。」

「那妳不要哭了。」

「我忍不住啊。」

兩人只好離開病房，坐在走廊的椅子上。

向暖這才發覺林初宴身上有股滿濃的酒味，她問：「你喝酒了啊？」

「喝了一點。」林初宴靠著椅背，頭微微向後仰，腦後抵著雪白的牆面。他垂著眼，視線落在向暖急出一層薄汗的額頭上。

林初宴掏出一包面紙遞給她。「擦擦汗，別著涼了。」

「謝謝。」向暖接過面紙，轉頭看他，見他目光有些迷離，看來是喝了不少。向暖有點敬佩地說：「你喝那麼多，還揹得動離離。」

林初宴吊著嘴角笑了笑。「又沒醉。」那個樣子怎麼看都不像正經人。

護士走過來，往病房裡看了一眼，對他們說：「她睡著了。你們如果有事可以走了，這裡由我們照顧就行了。」

向暖擦了擦臉，一邊說：「我們也沒什麼事。」

林初宴起身。「走吧，去吃宵夜。」

他這一說，向暖還真有點餓了。

※ ※ ※

兩人去吃了米線。冬天吃這種熱熱的東西最舒服療癒。

等餐的時候，向暖對林初宴說：「今天謝謝你啊。」

「不用客氣。」

向暖感覺他這一路上話特別少，安靜得不同尋常，目光因喝酒顯得迷醉，有時候視線掃到她，也看不出是什麼情緒。

米線端上來了，滾燙的湯冒著白色的水氣，像霧一般朦朧。向暖隔著這片白霧看林初宴並問道：「林初宴，你是不是有什麼事啊？」

林初宴搖了頭，眉眼低垂，輕聲否認：「沒有。」

「那你是不是心情不好啊？」

「滿好的。吃吧。」

向暖點的米線是麻辣口味，她吃得很過癮，吃了一會兒，辣得鼻涕直流，於是用面紙不停地擦鼻子。

林初宴感覺自己真的喝多了，他竟然覺得她擦鼻涕的樣子也很可愛。

吃了一會兒，向暖見林初宴吃得那麼少，於是把筷子一放，說道：「林初宴，雖然我不知道你為什麼心情不好，但是我有解決的好辦法。」

「哦？是什麼？」

「來，開黑吧。遊戲使人忘記煩惱，比毒品還管用。」

林初宴被她逗得終於有了一點笑容。「好。」

兩人並肩坐在沙發上。林初宴視線一偏就能看到她烏黑的髮絲，以及她無意間撩頭髮時露出的白皙耳廓。

林初宴有些心不在焉，一邊打遊戲一邊問向暖：「向暖，妳的新年願望是什麼？」

「我？我想上王者。」向暖的新年願望非常質樸實際。

林初宴沒想到她會這樣回答，怔了一會兒才說：「我以為妳會說沈則木。」

「唔，男神可以排在明年，反正一時半刻也追不上。」

林初宴從下午到現在心頭鬱結的那口氣彷彿散了一些。他看了一眼時間說：「那麼，今晚十二點之前，我們一起上王者。」

「嗚嗚嗚，你想得可真美！要不是你剛才死那麼多次，我差點就信了。」

林初宴剛才玩遊戲不專心，玩成了地雷。向暖覺得可能是因為喝了酒反應慢，她之前喝酒也是這種表現，慘不忍睹。

所以她就沒苛責他。

但其實林初宴就算反應慢半拍，也足以應對這個遊戲了。

他收起心思，打得格外認真。

其實他們距離最強王者已經不遠了，之前衝擊過一次，也不知道系統是不是故意的，衝擊王者的那個渡劫局[1]特別難打，所以段位又掉下來。

今天再次打到渡劫局，依舊艱難。林初宴神情有些肅穆。

晚上十一點五十七分，兩人贏了這最艱難的一局，終於升上最強王者。

向暖有點恍神了。她沒想到自己隨口說的新年願望竟然真的實現了。

她成為最強王者了！這歷史性的一刻！

「哇哇哇，要慶祝要慶祝！要喝酒！」向暖去餐臺那邊拿了兩罐啤酒，給林初宴一罐。才拉開拉環，她就看到玻璃窗外湛藍的天空中突然綻放了大片的煙火，璀璨絢爛，奪人眼目。

電視機裡傳來鐘聲，許多人在歡呼尖叫。

「新年快樂！」向暖高高地舉起啤酒。

林初宴的右手一直放在口袋，緊緊握著那個小盒子。看到煙火時，他突然彷彿想通了什麼，於是掌心一鬆，放下那個盒子。

然後他舉起啤酒和向暖碰杯，笑得眼睛彎了起來，明亮的目光倒映著窗外七彩的煙火。

「新年快樂。」

1 渡劫局：指排位賽提升大段的晉級賽。

第三十七章

「林初宴，你的新年願望又是什麼呢？」向暖好奇地問他。

林初宴一手扶著啤酒罐，指尖輕輕摩挲著微涼的金屬罐身，笑著說：「等實現了再告訴妳。」

「好吧。」向暖說著，掩嘴打了個呵欠。呵欠打完，眼睛因困倦而有點濕潤。

「走吧。」林初宴站起身。「回去。」

「回哪裡？寢室現在肯定鎖門了。」

向暖想回醫院，林初宴覺得沒必要。閔離離有護士照顧，而且留在醫院照料病人太累了。他用手機查了一下附近的飯店，選了一家還不錯的，拿給向暖看。

之後兩人去飯店，開了兩間房間。

第二天，向暖是被手機鈴聲吵醒的。她有一半的臉埋在柔軟的枕頭裡，迷迷糊糊地摸找手機。「喂？」

林初宴這是第一次聽她清晨起床時的聲音。細細的，有點沙啞，發音不太清楚，帶著一點模糊的鼻音，一聽就是還沒清醒。

這一聲音符像小奶貓的手掌往他的胸口拍了拍，柔軟無力，又癢癢的。

林初宴笑了笑。

在他莫名其妙的笑聲中，向暖澈底清醒過來，說道：「林初宴你這個大傻子，一大清早的笑什麼笑？」

『沒什麼，我是想問妳要不要吃早餐。』

「要、要。」

費用包含了早餐，不吃早餐意味著賠大了。必須吃，要狠狠地吃。

早餐是自助餐。向暖拿了各式各樣的東西，坐下來看了看時間。然後她對林初宴說：「還有兩個小時就要比賽了，有沒有信心？」

「妳怎麼滿腦子都是遊戲？」林初宴正在剝水煮蛋。這雞蛋不知道是什麼品種，超級難剝。他一手捏著雞蛋，另一手一點一點往下扯著蛋殼，細碎的蛋殼落在潔白的餐盤裡。

向暖的視線跟著他的動作，覺得滿賞心悅目的。

這一雙手做什麼都好看。

林初宴把雞蛋剝好，注意到向暖的視線。他挑眉問了：「妳想吃？」

「唔。不用，我自己剝。」

他舉著那顆被他剝得坑坑疤疤的雞蛋說：「跟我說一句好聽的就給妳。」

「初神強，我投降。」

林初宴萬萬沒想到向暖是如此才華洋溢，任何話題都能被她帶向遊戲。

他默默地把雞蛋放到她的盤子裡，又拿了一個來剝。

「你說，今天歪歪學長會用什麼英雄呢？」向暖對同樣打輔助位的歪歪學長甚是關懷，剛說了這句話，她突然抬高聲音，語氣驚訝。「咦，歪歪學長？」

林初宴順著她的視線轉頭看，就看到不遠處當場僵住的歪歪。

歪歪身後站著姚嘉木。

歪歪學長不愧是見過世面的人，只愣了三秒鐘就立刻回過神，朝著他們這桌走過來。他神情特別坦蕩，像是名門正派的少俠。

四個人就這麼詭異地坐在同一桌。坐好後，向暖和歪歪幾乎同時間開口：「我們不是你們想的那樣。」

歪歪哈哈一笑。「理解萬歲。」

向暖和姚嘉木坐在斜對面，兩人相看兩相厭，現在臉色都不是很好，從頭到尾一句話都沒說。

吃過早飯，歪歪和姚嘉木回學校，向暖和林初宴去探望閔離離。閔離離今天又變回了活蹦亂跳的樣子，向暖於是放下心。

在醫院時，向暖收到一則來自歪歪學長的訊息。

歪歪：姚嘉木昨天失戀了，情緒不太穩定。不管她說什麼做什麼，向暖妳都不要在意。

向暖瞬間就明白為什麼昨天姚嘉木臉色那麼差，還情緒失控，對她講那些話，原來是失戀了。看樣子應該是向沈則木表白被拒，結果就遷怒於向暖。

※　※　※

為了避免雙方相互影響，決賽時兩支隊伍待在不同的房間。向暖他們在大會議室，沈則木他們那隊則是在電競社的辦公室。

在禁選英雄的環節，時光戰隊把韓信放給了沈則木。

韓信是沈則木最擅長的英雄，而沈則木是他們那隊實力最強的。

向暖直到現在心裡都還沒個底，問林初宴：「你確定嗎？」

「確定。」

於是真的沒禁韓信。

他們不禁，沈則木便順理成章地選了。

雙方依次選好英雄。時光戰隊的第五樓只差法師位，林初宴幾乎沒猶豫，鎖定了妲己。

這一手選擇像在鬧著玩，驚瞎了歪歪的狗眼。

「哪怕選個高漸離，都比妲己有優勢。」歪歪說。

像妲己、安琪拉這類俗稱「站擼」英雄，不需要太多走位的操作，站在那裡放技能就足以造成毀天滅地的傷害。但這類英雄有著致命的缺點，那就是沒有位移技能，生存能力很弱，很容易被對方針對。

儘管入場前的「閃現」是個不錯的位移技能，但這個技能的冷卻時間長達兩分鐘，不可能每次都能指望閃現逃命。

因此到了鑽石段位，由於玩家水準都普遍提高，「站擼」型英雄的出場率就會大幅降低，到王者局就更少了。

所以現在林初宴選妲己，令歪歪他們很詫異。

「我們打我們的。」沈則木說。

意思是不要管對方在盤算什麼。

歪歪對沈則木還是很放心的。

但是遊戲開局幾分鐘後，沈則木一連死了兩次。

有點難以置信。

韓信這個英雄可能是王者榮耀裡最鬧的英雄了。他的技能冷卻短、位移多，機動性超級好，牽制能力一流，外號「韓跳跳」。正因為機動性好，所以生存力強，不容易死。

可是現在沈則木的省第一韓信一連被抓死兩次。

「怎麼那麼不小心？」歪歪問。

「被埋伏。」

「埋伏你不會跑嗎？你可是韓跳跳。」

「跑不了。」

「為什麼？」

沈則木語氣有些無奈，說了兩個字：「妲己。」

妲己雖然脆弱，可是對韓信來說，她有一顆自動導航的小心心就足夠了。任你跳來跳去，也跳不出我小狐狸的秋波。

韓信的生存能力全靠技能在撐，一旦被控制住，草叢裡突然跳出妲己的同夥一起往他身上扔技能，他便很難活下來。

歪歪也明白了，但他整體還是樂觀的。「沒事，就是運氣不好，剛好被抓到。」

沈則木擰了一下眉，低聲說道：「我可能被針對了。」

在那之後事情的發展印證了他的猜測。

任誰都看得出沈則木是這個隊伍的核心，所以他被針對一點也不奇怪。韓信是個帶節奏能力很強的英雄，他們隊伍圍繞著韓信打，一旦韓信被針對，整個節奏都可能被打亂。

之前的比賽，沈則木也被針對過，不過對方沒能成功。

然而林初宴今天成功了，用的還是區區一個妲己。

「我覺得不合理。」歪歪說：「他們是怎麼猜到你的動向的？」

是啊，韓信的機動性那麼強，為什麼他在林初宴面前彷彿是透明的，林初宴好像總能知道他在哪裡？真的只是靠預判嗎……

沈則木搖了一下頭，感覺有點費解。「他好像很了解我。」

僅僅透過幾場現有的比賽錄影，就能把他的操作習慣分析得這麼透澈嗎？幾乎不可能。

等等……

沈則木腦子裡突然閃過一個人的名字，他咬了咬牙說：「陳、應、虎。」

呵呵，他真是有一個好表弟啊，出賣表哥出賣得風生水起，毫無壓力。

這局遊戲打到這裡，沈則木他們的節奏已經亂了，最終是回天乏術，先輸一局。

第二局沈則木沒再選韓信，因為沒意義。

所以林初宴也沒再選妲己，而是拿了一手貂蟬。

這局遊戲就是按照正常來打，沈則木倒是沒出問題，但是姚嘉木出問題了。

確切地說，其實姚嘉木上一局狀態就不好。只不過沈則木被針對得太狠，吸引了所有注意力。現在沈則木恢復正常，姚嘉木的問題顯得尤其突出。

姚嘉木用的是法師不知火舞。她不僅頻頻操作失誤，還總是把技能打到向暖的莊周身上。

一般來說，團戰時把技能打到坦克身上相當於浪費。因為技能的數量就那麼多，冷卻時間擺在那裡擺著，把技能拿來打了坦克，打別人的就少了。

坦克又很難打死。再說打死又怎樣？坦克的命遠不如法師和射手值錢。

其實沈則木他們另外四個隊友打得還不錯，但是不知火舞和他們脫了節，這局遊戲拖到後期，到了貂蟬的強勢期。

然後，裝備成型的林初宴又開始無法無天了……

向暖之前有想過他們有沒有可能贏得決賽，但是在她的幻想裡，決賽必須打得分外艱難，打到第三局，拖到大後期，雙方勢均力敵，最後是她挺身而出，為隊伍創造出最為精彩的反攻點……

卻沒想到原來比想像中簡單一些，只打了兩局。而且帶動隊伍的是林初宴，不是她。

最後一波沈則木他們死了四個，只剩下姚嘉木的不知火舞在泉水裡躲著。向暖和隊友一起向水晶推進時，她看到公頻裡出現一句話。這也是兩局遊戲裡唯一出現過的聊天紀錄。

南方有嘉木：最後一次和你一起玩這個遊戲了。

向暖不喜歡姚嘉木這個人，但是看到這句話時，她覺得特別傷感。

推倒水晶，螢幕上出現「勝利」的字樣。向暖放下手機，呼出一口長氣，悠悠嘆道：「暗戀的人真可憐。」

「是啊。」林初宴低著頭應了一句，看起來有些漫不經心。

「不過——」向暖有一個問題搞不懂。「虎哥還真的把沈則木的情況都賣給你啦？林初宴啊林初宴，我發現你還真是個妲己，禍國殃民，連虎哥都被你——」

林初宴聽她越說越離譜，就打斷她：「虎哥從小到大都活在表哥的陰影之下。」

向暖立刻就懂了。虎哥不會念書，表哥卻那麼優秀，可想而知爸媽肯定經常拿表哥比較，來批評虎哥，導致虎哥現在心理可能有那麼一點扭曲。

沒錯，對虎哥來說，沈則木就是那個「別人家的孩子」。

林初宴一邊整理東西一邊問：「中午要吃什麼？」

「中午吃日本料理，我請客！」

「好，吃完飯去唱歌，我請客。」

「好啊好啊！」向暖的目光亮了八度。

林初宴知道她在想什麼卻不戳破，只是低頭壓抑唇邊的笑容。「走吧。」

向暖他們吃午飯時帶上了閔離離。

閔離離今天已經復原了，但不敢亂吃東西，只守著面前一碗清湯寡水的烏龍麵，眼巴巴看著別人又是魚又是蝦。

「為什麼要帶我來這種地方啊！」閔離離淚眼汪汪地控訴。

她的痛苦為別人帶來快樂。鄭東凱他們覺得閔離離特別有趣，還幫她取了外號，叫「安琪拉」，因為閔離離蘿莉臉戴大眼鏡，看起來和王者榮耀裡的英雄安琪拉很像。

向暖發現林初宴不吃生魚片和生魚做的壽司，只吃烤鰻魚、豆腐、牛肉等熟食。她以為他是不好意思，但轉念一想，林初宴還有不好意思的時候？

向暖問他：「林初宴，你不吃生食嗎？」

「嗯。」

「為什麼啊？」

其實沒有為什麼，他只是從小就不吃，養成了這樣的飲食習慣。「我沒吃過。」林初宴這麼回答。

向暖輕輕把一盤生魚片推到他面前。「你真的不嚐嚐看嗎？很好吃耶。」

魚片色澤鮮美，擺盤精緻，可謂賞心悅目。但林初宴一點興趣也沒有，搖了搖頭。

這時，服務生端上一盤冰鎮著的澳洲青龍蝦。青龍蝦有食指那麼長，已經被剝去一部分的殼，露出晶瑩剔透的蝦肉，像果凍一樣。

向暖剝好一隻青龍蝦，捏著蝦尾蘸了點醬油，然後舉著逗一旁的林初宴說：「喂，你嚐嚐看吧？非常好吃。」

林初宴目不斜視，不為所動。

「嚐嚐，嚐嚐。」

林初宴突然低下頭，不等向暖反應過來就就著她舉蝦的姿勢，一口將蝦肉咬下來。咬得有點過頭，嘴唇碰到了她的指尖，觸感柔軟溫熱。

向暖第一次和異性有這樣的接觸，本能地感到彆扭，像是被電到一樣迅速收回手。

手裡的青龍蝦只剩下一個小尾巴。

她是勸他嚐嚐看，但沒勸他搶啊……

她看一眼林初宴，發現這傢伙瞇著眼睛咀嚼，一臉享受的樣子。

生蝦肉的滋味比林初宴想像中的好。鮮嫩細滑，沒有異味，雖不算有多驚豔，反正是不討厭。

尤其配上向暖一臉吃癟的神情，食用效果更讚。

此時此刻，在「林初宴的奴隸們」群組中：

毛毛球：是不是我的錯覺，怎麼感覺初宴他好像戀愛了？

鄭東凱：搞不好是單戀喔。

毛毛球：哈哈哈。

大雨：哈哈哈哈！

鄭東凱：哈哈哈哈哈哈。

閔離離：哈哈哈哈哈。

大雨：等等，怎麼多出一個人！嚇死媽媽了！

鄭東凱：我拉她進來的。

閔離離：我剛進來，你們在笑什麼？

毛毛球：妳都不知道我們在笑什麼，那妳跟著笑什麼？

閔離離：大家都在笑，我就禮貌性地笑一下。
毛毛球：妹子妳看一眼群組名稱，妳也變成林初宴的奴隸了？
閔離離：沒有啊，我也不知道為什麼會拉我。
鄭東凱：咳。
鄭東凱：難道你們不覺得有妹子在，我們這個群組能更活躍嗎？
毛毛球：東凱你是不是戀愛了？
大雨：搞不好是單戀喔。
毛毛球：哈哈哈哈哈。
大雨：哈哈哈哈哈。
閔離離：哈哈哈哈哈。
鄭東凱：……
鄭東凱以前老覺得自己的室友當中潛伏著一個神經病。現在看來他錯了，錯得離譜——神經病豈止一個。

※　※　※

下午一行人去的KTV是比較高檔的，酒水單能嚇死人的那種。閔離離看了一眼酒水單就不想點了。「我們不渴，對吧？」

向暖本來滿想喝點小酒，但看閔離離這麼抗拒，就說了：「等會兒有需要再說吧。」

林初宴點了一杯檸檬水。

閔離離和大雨兩人都是霸占麥克風不放的那種人，不過兩人走的路線不一樣。閔離離是KTV裡非常罕見的兒歌選手，大雨則是十分偏好經典老歌，尤其喜歡他出生年分以前的那些歌。於是KTV裡迴盪著兒歌與老歌的輪播，關鍵的是兩個唱得都走音了，向暖覺得有點受不了。

她跑到點歌台前劈哩啪啦地點了很多，一邊回頭問林初宴：「你想唱什麼？」

「妳隨便點。」

向暖吐了一下舌頭，心想：好囂張喔，說得好像我點什麼你都會一樣。

不管了，先把自己想聽的都點一遍。

過了一會兒，大雨一首《光陰的故事》吼完，終於輪到向暖點的第一首歌。

這首歌是《暖暖》。

由於名字，向暖每次在KTV必定會唱這首，搞得好像人家梁靜茹這首歌是為她寫的一樣。

向暖接過麥克風等待前奏的時候，林初宴也把大雨手裡的麥克風拿過來說：「這首歌我會。」

這首歌的曲風清新輕快，溫暖甜蜜，很適合小女生唱。

但林初宴唱出來一點也不會突兀。

說到底，他的聲音太好了。溫柔乾淨的聲線，明快的語氣，像一陣清新溫潤的風吹在臉上，搭配這首歌的旋律，莫名就讓人心情都變好了，彷彿真的能看到暖洋洋的日光。

向暖唱了幾句就不唱了，專心聽他唱。

她覺得很奇怪，這首歌她唱過很多遍，特別熟練，但是她做不到像林初宴那樣能輕鬆撩動聽者的情緒。他把這首歌唱出了真正甜蜜的感覺。

向暖好羨慕，側著臉看他。他正盯著螢幕上的歌詞，唱著唱著，不知道想到什麼就自己笑了起來，然後不經意視線一挪，恰巧掃到向暖。

房間裡燈光有點暗，他的眼睛卻被那昏暗的光線映得明亮。

向暖趕緊挪開視線，假裝沒看到他。

林初宴唱完這首歌，向暖還在回味時，服務生推門走進來，托盤上放著一瓶紅酒，還有幾個玻璃酒杯。

閔離離說：「這不是我們點的。」

服務生微笑道：「是一位姓鄧的先生送的。」

一行人面面相覷，都不清楚是哪個姓鄧的先生。

林初宴有過幾次經驗，出去玩遇到認識的人，別人會買單問候。尤其當他變窮之後，以前認識的那幫狐朋狗友特別喜歡幫他買單，好像這樣一來就能羞辱他似的。

他每次都樂於接受。

所以眼下他原本打算就這麼接受，誰管他是哪位呢。可是他看了一眼向暖，腦中立刻有了另一個猜測：如果有陌生人看到向暖長得漂亮，想討好呢？

這個可能性極大。

於是林初宴朝那服務生揮手。「拿回去，我們不需要。」

「林初宴，不給我面子是吧？」門外突然傳來這麼一聲，嗓門還挺大。

向暖循聲望去，發現門口站著一個男生，個頭中等，短頭髮，花襯衫，細長眼。這男生本來在看林初宴，當他說話時，他的視線好奇地往房間內一掃，看到了向暖，於是怔住。

向暖很確定自己不認識這個人。

他的態度突然變得熱情，邁開大步走進來，朝眾人說道：「你們好，我是林初宴的好朋友鄧文博，你們可以叫我文博、博哥，或者文哥。」話一說完，他的目光兜了一圈，最後又落到向暖身上。

林初宴有點冷漠地說：「朋友就朋友，你把那個『好』字去掉吧。」

鄧文博呵呵一笑，也沒生氣，走過來要坐下。他看到林初宴一臉警惕，於是笑了笑，並沒有往向暖身邊靠，而是坐在林初宴的另一邊。

然後鄧文博就開始和林初宴的朋友們聊天。

坦白說，他的談吐並不讓人討厭，就是外表有些招搖。向暖聽著他們講話，得知這個鄧文博的爸爸和林初宴的爸爸是朋友，他比林初宴大四歲，以哥哥自居。

向暖無聊地滑手機。鄧文博雖然愛賣弄吹牛，其實注意力全在向暖身上，現在正斜著眼睛看向暖的手機螢幕——也怪他眼力太好，看到向暖有安裝王者榮耀。

「哈，妳也玩這個遊戲啊？王者榮耀？」

「對啊，瞎玩。」

「妳是什麼段位？」

「我剛剛升到王者。」向暖說到這裡有點自豪。

鄧文博心想這女孩這麼漂亮，王者多半是被人帶上去的。

想到這裡，他更加有自信了。「我也是王者，加個好友，以後一起玩吧。」

鄧文博還是很有分寸，也沒要求加微信，只加了個遊戲帳號，搞得好像他真的是只為了玩遊戲。

向暖才剛升上王者，思維還沒轉過來，在她眼裡所有王者都是可敬的。這個人看外表好風騷，搞不好操作一樣風騷。於是兩人加了遊戲好友。

鄧文博問起林初宴的近況，接著又說自己的，說是正在弄戰隊。

向暖問道：「是什麼戰隊？」

鄧文博就在等人問這個問題，回答：「就是王者榮耀，我打算拉一支隊伍去打職業。妳有沒有興趣？」

「哈哈，我打不了，我的技術不行。」

鄭東凱問道：「你組個職業隊得花多少錢啊？」

「猜猜看。」

向暖忍不住猜了一個數字：「一百萬人民幣？」

「一百萬人民幣只夠養一個人。」

向暖張了張嘴。「有這麼誇張？」

「就是這麼誇張，因為我只要頂尖選手。」

「哇。」

林初宴突然站起身，回頭看了鄧文博一眼說：「你來一下。」

「幹什麼、幹什麼？」鄧文博起身跟出去，一邊笑道：「喲，你看不下去了？」

林初宴不發一語，等出門後走到電梯間，他突然拍了一下鄧文博的肩膀。手掌按著鄧文博的肩頭，沒有放開。

鄧文博感覺到肩頭一道力量壓著他，搞得他壓力有點大。

然後他看到林初宴危險的目光。

「喂喂，弟弟，你幹什麼啊……」有點怕。QAQ

「沒什麼，就是跟你說一聲，你要是敢打向暖的主意，老子親自強姦你。」

「你他媽……有人像你這樣威脅人的嗎？你還是不是人啊……」

第三十八章

林初宴他們出去後，向暖低頭滑手機，看到電競社的官方帳號發了一則訊息，是關於他們奪冠的新聞。歪歪學長雖然輸了比賽，依舊懷著對對手的祝福，描寫了比賽的精彩之處，最後還附上比賽影片。

向暖把這篇文章認認真真地看了兩遍，邊看邊笑。她覺得獎品什麼的已經不重要，重要的只有勝利本身。贏得比賽帶來的快感百嚐不厭。

然後她對這篇文章點了個讚，接著往下拉看評論。

前幾則評論都滿好的，後面有一則評論的內容讓向暖有點呆住。

『向暖是代打的，不知道吧？論壇都扒出來了。』

「什麼鬼，我怎麼不知道我是代打啊？」向暖覺得莫名其妙。

閔離離在唱歌，嗓子開了，包廂有點吵，沒人聽到向暖的自言自語。

向暖登入校內論壇，試著搜索關鍵字「向暖　代打」，結果還真的找到了一篇文章：

【標題】你們真的相信向暖玩遊戲有那麼厲害？反正我是不信。

發文者：所向披靡

看板：王者榮耀

文章內容：這遊戲我也有玩，以我專業的眼光來看，女大學生不可能玩這麼好。想知道向暖是花多少錢買的代打。（笑而不語）

這種不講證據惡意滿滿的猜測，竟然引來很多贊同的聲音。

——我以為只有我一個人這麼想。

——原PO挺住，這有很多女大學生。

——原PO啊，不是我說你，有些話放在心裡就行了，說出來不怕被人報復嗎？林初宴可是在她身上花了好幾萬塊人民幣呢。

——就是那個傳說中很窮的林初宴嗎？他怎麼又有錢了？

——不是在說向暖嗎？怎麼扯到林初宴？我怎麼覺得林初宴無所不在，哪裡都有他？

——漂亮的女孩子運氣都不會太差。有人為妳花錢，有人帶妳升級，還有人代打遊戲，哈哈哈。

向暖越看越氣。

當然也有不少人保持理智。

——原PO你是什麼素質，女大學生招你惹你了？我也是女大學生，到底關你什麼事？

——證據呢？沒證據就這樣說別人不太好吧？

——證據就是長得漂亮啊，哈哈哈……心疼向暖，長得漂亮也變缺點了。

——已舉報。

後來原ＰＯ真的亮出了「證據」。那是王者榮耀助手的一則推文，證據顯示在兩個多月前，向暖身為小白一隻，在遊戲裡裝小學生被人拆穿。

這「證據」簡直是原ＰＯ利器，放出來後說什麼的都有。有人大笑表示原來女神有這樣不為人知的一面；有人認為這就是鐵證，畢竟僅僅過了兩個月，她的進步太大了，王者一定是別人帶上去的，比賽一定是代打的；還有人覺得證據不足，要求更多證據……

然後更多的證據就是向暖和林初宴、沈則木的緋聞了。

向暖不知道這其中的邏輯在哪裡。人們在討論一個女孩子時總喜歡拿她的私生活做文章，好像只要她私生活不好，無論她做什麼都是錯的。

然後莫名其妙地，她就成了一個「依靠林初宴砸錢」、「依靠沈則木放水」、「為了贏比賽，很可能又找了代打」……的花瓶。

這文章到最後就吵成一團了，有人渾水摸魚、有人看熱鬧、有人仗義執言，向暖看得非常惱火，又為陌生人的仗義執言而感動。

※ ※ ※

林初宴把鄧文博嚇跑了。

鄧文博跑掉之後，林初宴到餐廳櫃檯點了一些點心——其實他只是想溜達溜達透口氣。點完點心，他又點了啤酒。等一下那瓶紅酒得請服務生拿走，誰想喝就給誰喝。反正向暖不能隨便喝鄧文博送的酒，那小子沒什麼正經心腸。

做完這些，林初宴回到包廂。

閔離離和大雨在唱歌，鄭東凱和毛毛球在說悄悄話。林初宴目光隨意一掃，看到向暖坐在沙發上，兩腿併攏，坐姿像個小學生。她手裡握著手機，室內的霓虹燈光掃到她臉上，一閃而過。她好像是在發呆。

「妳怎麼了？」林初宴說著坐在向暖身邊，他感覺她有些不對勁。

「林初宴……」向暖開口叫他，聲音透著一股委屈。

剛才並沒有人注意到她狀態異常。

離得比較近之後，林初宴才看清她神情格外沮喪。他有些疑惑，難道剛才鄧文博在他不注意的時候冒犯了她？

「到底怎麼了？」他問道。

向暖把手機遞給他，手機螢幕還開著那篇文章。

林初宴看完也有點氣。總是有人如此心理黑暗，動不動就用最大的惡意揣測別人，以揣測作證據，不由分說地給人扣一頂帽子，然後把所有辯解扭曲為洗白，進行新一輪的惡意揣測。

圖什麼？

這種時候，講道理是行不通的。因為他既然在沒證據的情況下胡說八道，出發點也不是和你講道理，而是潑髒水。

林初宴特別想找出這個人是誰，然後把他蓋麻袋打一頓。既然文的不行，就來武的。

他覺得這件事還是有可行性，不過需要仔細規劃一下，不能留下把柄。於是他說：「這件事妳別管，我來處理。」

「來不及了，我跟他說留下遊戲ＩＤ，不服就單挑。」向暖說這話時眼神透著心虛，視線輕輕地飄開，不敢看他。

林初宴被逗笑了。她總是這樣，看起來軟綿綿的，做事卻很有骨氣。

「他怎麼說？」林初宴問道。

「他也留了ＩＤ。他是最強王者，好像有十幾顆星……」向暖快哭了。她自己的王者才上兩天，目前只有一顆星星。王者局要上升星星太難了，這個人能升到十幾顆，說明實力確實很強。

向暖剛才看別人罵她看得十分暴躁，加上自己畢竟是個最強王者了，就有點膨脹，一時衝動說了那樣的話。

誰會想到一下子釣到那麼大一條魚啊，她自己都要被拖進河裡了。

嗚嗚嗚，好像自從成為王者後，滿世界都是王者了，是要跟誰講道理啊……

向暖越想越難過。她覺得自己命運好悲慘，她要輸了。輸了遊戲不可怕，但她不想輸給這個人。

很多事情講道理行不通，只有用實力去證明對錯。她希望靠實力幫自己澄清。

可是現在，她明明站在正義的一方，卻要輸了！/(ＴｏＴ)/~~

林初宴看她快嚇哭的樣子，莫名有點想笑。他超想摸摸她的頭，但又不敢造次，於是只輕輕拍了拍她的肩膀說：「沒事。」

「你當然沒事，要和他單挑的是我。」

「不如這樣，我先找人去打他一頓，他住院了就不會和妳單挑了。到時候是他爽約，直接判輸。」

「不行，那有點過分。」

「那怎麼辦，妳真的要和他打？」

「嗚……」向暖艱難地點了點頭。就算明知道會輸，也不能退縮。就好像有時候打遊戲明明贏不了，但堅決不投降。

「那好，我們先看一下他的資料。」

向暖登入遊戲，找到那個人的ＩＤ，加了好友，那個人很快就通過了。

向暖看了一下他的常用英雄。

花木蘭……

曹操……

老夫子……

啊啊啊，全是單挑大魔王！這怎麼打啊！她只是個輔助啊……

向暖欲哭無淚，非常想刪好友。彷彿感受到了她的無助，那個人還傳訊息挑釁。

所向披靡：美女，不怕告訴妳，明天我會用花木蘭，妳要用什麼？

是暖暖啊：你為什麼要告訴我，不怕我針對你做準備嗎？

所向披靡：哈。

所向披靡：我看看妳用什麼，莊周？張飛？總不會是大喬吧？妳想拿什麼針對我？或者說妳能拿什麼針對我？

是暖暖啊：你這麼囂張，等我明天讓你叫爸爸。

所向披靡：妳贏了，我就叫妳一聲爸爸，我要是贏了，妳得叫我一聲老公。

所向披靡：怎麼樣？

向暖快氣死了。

林初宴見她臉色鐵青，身體直發抖，便拿過她的手機看了一眼，皺起眉，臉色也很難看。

「明天只能贏不能輸。」

「嗯！」向暖凶狠地點了頭，接著又捂起臉。「嗚嗚嗚，贏不了！」

「沒關係，還有一天的時間。」

包廂裡太吵了，林初宴和向暖決定去咖啡廳商議此事。兩人走的時候，鄭東凱他們幾個都用非常意味深長的眼神看林初宴。

林初宴一手拎著向暖的包包，一手拿著圍巾遞給她，目不斜視。

※　※　※

到了咖啡廳，林初宴先打電話給陳應虎。

陳應虎是區排行榜第一，整個王者榮耀的英雄沒有他玩不好的。

「虎哥，你在做什麼？」林初宴問了一句。陳應虎年紀比他小，不過虎哥叫習慣了也就懶得改口了。

陳應虎那邊傳來咀嚼食物的聲音。他含糊地道：『吃早餐啊。』

「這個時間吃早餐？」

『嗯，剛起床沒多久，現在幾點了？』

事情比較急，林初宴沒和陳應虎扯別的，直接把事情講了一下。

陳應虎一聽樂了：『十八顆星敢這麼囂張？操死他！』

林初宴默默地提醒他：「我和向暖只有一顆星……」

『喔喔，對喔，你這菜鳥。』

林初宴沒工夫和他對嗆，就說了：「虎哥，說正事。莊周和花木蘭1V1的話，贏面有多大？」

『這要看操作了。如果是青銅花木蘭，屌打；如果是王者花木蘭，贏的可能性不大。花木蘭現在是上單一姊，版本強勢。』

「意思是沒辦法了？」

『你讓她換個英雄嘛，難道她只會莊周？還會什麼？』

「張飛。」

『……』陳應虎沉默了一會兒後說：『不然你把那個男的打一頓，打進醫院，他住院了就會爽約，然後向暖就可以贏了。』

「不行。我們要贏得光彩……虎哥，有什麼英雄比較能制服花木蘭？不管操作，單從特性來說。」

『貂蟬。』

林初宴結束和陳應虎的通話之後，用一種特別溫柔的目光看著憂心忡忡的向暖說：「妳不是特別喜歡貂蟬嗎？」

「對啊。」

「現在好了，妳可以玩了，開不開心？」

向暖：好開心喔！QAQ

林初宴看了一下手錶。「我們的時間不多了。從現在開始練，今晚通宵，妳可以嗎？」

「嗯！」

「明天務必讓他叫妳爸爸。」

向暖臉色凝重，有點擔憂。「那要是我輸了怎麼辦？」輸了就要叫他老公嗎？她死也不要啊！

林初宴看了她一眼，輕輕一笑說：「這話是他自己說的，妳又沒答應。」

向暖：……

老哥，厲害！

林初宴和向暖覺得咖啡廳不方便，於是又換了有包廂的茶館。今天他們就在這裡備戰。茶館裝潢風格不錯，簡約的仿古吊燈、原木桌椅，桌上擺著綠色觀葉植物，挨著門口有一道屏風。

向暖先花三千塊人民幣買了一套貂蟬專用的吸血銘文。為了爭這口氣，向暖付出的代價有點大。

林初宴說：「如果那個人明天不用花木蘭呢？」

向暖想了想，覺得有點不能忍。「那我們就把他打到住院吧……」

陳應虎和他們連著麥，聽到這裡就說：『貂蟬SOLO很有用的，就算那龜孫子不用花木蘭，我們也能屌打他。』

「那是你……」

在陳應虎嘴裡，任何英雄都是有用的，都可以玩得很精采。

陳應虎想了一下說：『我認為單挑對你們有利。』

「怎麼會，敵人有十八顆星。」

『他的十八顆星是靠排位打上去的。』

向暖有些懂了。排位是五個人的戰鬥，靠的是意識和團隊配合，個人操作反而在其次。向暖玩這個遊戲的時間太短，這方面還真不能和那些老玩家比。但現在單挑，拚的是個人操作，這相當於把她和所向披靡拉回到同一條起跑線上。

「但他既然有十八顆星，本身操作也不會差。」向暖說。

不等陳應虎說話，林初宴開口了：「妳也不差。」

林初宴這是第一次誇向暖，向暖受到驚嚇，愣在當場。

「呆子。」林初宴說。

向暖覺得這個詞有點耳熟，仔細一想，這不是孫悟空罵豬八戒的話嗎？

「喂，林初宴！」

林初宴已經笑咪咪地起身，出門去櫃檯拿了兩個充電器過來。

人可以不吃飯，手機不能沒有電。
看著他遞過來的充電器，向暖有些歉疚地說道：「其實你不用陪我熬夜的。」
林初宴滿不在乎地說：「我們不是隊友嗎？再說，我也是被汙衊的人之一。」
向暖想想也對。她突然有些振奮：現在不光是為自己戰鬥了。
陳應虎已經吃完飯回到自己的豬窩，現在登入遊戲開了個1V1的房間，把向暖拉進去。
『我先和妳打一局，妳感受一下。』
「嗯。」
貂蟬是個舞姬，走路都是用飄的，仙氣十足。
這時，漂亮的小仙女，向暖竟然有點不適應了。她被張飛荼毒得太深了……
SOLO的戰場很簡單，只有一條路，沒有野區，雙方各自的水晶前有一座防禦塔。把防禦塔打掉再把水晶推掉就能獲得勝利。
這時，小仙女貂蟬和成熟大姊花木蘭在兩座防禦塔之間的空地上相遇了。
向暖試著朝花木蘭扔了個花球，花木蘭上來一頓操作，把她捶死了。
『對不起、對不起。』陳應虎很不好意思。『我沒有想殺妳。我有時候手速比腦速快。』
向暖：「……」還有來這一套的？
為了避免經濟差距拉太大，虎哥乾脆停止清兵，退回到防禦塔等向暖復活。他說：『我先跟妳介紹一下花木蘭的技能吧。』

當前版本的花木蘭能成為戰士一姊是有原因的。花木蘭有兩種武器：一把大刀和兩把小刀，她可以在這兩種武器之間切換，不同武器狀態下的屬性和技能是不一樣的。因此她擁有更多的技能組合，在戰場上可以打出很多可能性。整體來看，花木蘭的技能很全面，有位移、控制、霸體、免傷，還有傷害加成。這使得花木蘭能跑能追能打能抗，可謂十項全能，完美女戰士。

真是越聽越可怕……

『不過，妳也不用擔心。』陳應虎推銷完花木蘭，話鋒一轉又說：『貂蟬SOLO能澈底壓制花木蘭。』

「為什麼啊？」

『因為花木蘭主要的傷害技能是在一把大刀的狀態下，這種狀態的花木蘭比較笨重，不夠靈活，貂蟬走位飄逸，可以輕鬆躲過。而且，貂蟬有真實傷害，還能吸血。』

所謂「真實傷害」是無視護甲的傷害，意思是買防禦裝備對這部分傷害沒用。

就像南方的冬天，穿再厚的衣服也沒什麼用，依舊凍得人瑟瑟發抖。

虎哥的一番解釋讓向暖對貂蟬肅然起敬。

※　※　※

陳應虎這天開直播後，直播間的粉絲發現虎哥今天玩1V1。看了一會兒，粉絲們發現這哪是1V1，根本是教學。兩人從頭到尾只用兩個英雄，連打了好幾場，虎哥一邊打一邊教別人怎麼針對自己，打來打去，但求一敗。

然而敗的總是「是暖暖啊」。

彈幕的內容大多是疑惑不解。

——虎哥今天直播帶妹子啊？

——帶妹就帶妹，1V1你無不無聊？

——這不是暖暖嗎？虎哥你什麼意思，你要撬兄弟牆角？

——前面的等等，暖暖是誰？撬牆角又是什麼意思？求八卦！

——虎哥，初晏怎麼沒來？

——初晏又是誰？

——初晏和暖暖是一對，以前和虎哥一起連麥排位。現在看這樣子，虎哥是打算撬初晏的牆角了……

——初晏哥哥你快來，你老婆要跟別人跑了！

林初宴看這些彈幕，忍不住埋頭笑。向暖回水晶補血，掃了他一眼，見他頭壓得很低，肩膀輕輕抖著，像神經病。

她有點疑惑，就問了：「你怎麼了？」

「沒事。」林初宴笑著回答。

他這一句話又惹得直播間彈幕炸開了。有人問這個聲音好聽的哥哥是誰，有人問候初晏，還有人要他唱歌。

陳應虎跟粉絲們解釋：『明天「是暖暖啊」要跟人單挑，我今天幫她練習一下。沒意外的話，今天的直播內容都是這個了。』

很多粉絲在抱怨。一整晚都是這兩個英雄的教學，可以想像有多枯燥。一些人開始威脅要走，還有一些已經走了，直播間的人氣不斷在流失。

向暖偏頭看了一眼林初宴的手機螢幕，看到這些彈幕內容，她有點過意不去，說道：「虎哥，讓初晏陪我練。」

『不行，他是個菜鳥。』

林初宴：＝＝

陳應虎的腦速突然變快了，想到一個絕佳的主意。『不然這樣，初晏每隔半小時唱一首歌。這樣大家就不會無聊了，同意的打個1。』

彈幕被「1」洗版了。

林初宴笑道：「好。」

從這一刻開始，一直到林初宴唱完一首歌，直播間的彈幕始終處於爆炸模式。等他唱完之後，彈幕都在說「再見，虎哥，半個小時後回來」。

陳應虎發現自己的直播間裡好像沒幾個真正的粉絲，好憂傷。

之後陳應虎和向暖繼續進行1V1教學。有部分的人留下來圍觀，看了一會兒，忍不住吐槽向暖的操作，林初宴便禁止他們說話了。

半個小時後，虎哥直播間的人氣突然暴漲，都是來聽歌的。

「你們想聽什麼？」林初宴問。

彈幕超過一半都是「威風堂堂」。

向暖已經停止打遊戲，因為林初宴唱歌的時候她就會飄飄然，根本沒心思操作，所以索性打算聽他唱完再繼續。現在她湊過腦袋看彈幕，問林初宴：「威風堂堂是什麼？」

林初宴目光飄開，抿了一下嘴角說：「不知道。」

向暖在看彈幕，並沒有看到他發紅的耳朵。

彈幕聽到向暖的發問，都在熱心地解釋：

——威風堂堂是一首非常清新的歌曲！很適合秀嗓子！

——對der！暖暖，求求妳讓初晏唱威風堂堂！我願意幫妳暖床~~

——絕對是不可錯過的好歌喔！

向暖越來越好奇了，這首歌這麼神奇？她怎麼沒聽過？不行，要聽聽看。

於是她用手機查了一下，找到的是日文。難怪，是日文歌曲。

她很少聽日文歌。

向暖也沒多想就按了播放。

他們倆手機都沒插耳機，於是歌聲直接流瀉出來。

準確地說，那應該是「叫聲」。

啊……

喔……

嗯……嗯……

啊哈，嗯……

啊，啊，啊！……

向暖：「……」

林初宴：「……」

兩人都像被雷劈到一樣。

令人面紅耳赤的呻吟和喘息既混亂又有節奏，就這麼猝不及防地迴盪在整個房間。

向暖都傻了。

還是林初宴反應快，搶過她的手機，按了暫停鍵。

色情的呻吟聲戛然而止，向暖終於反應過來，立刻羞得滿臉通紅。

林初宴也沒比她強多少，他的臉也在發燙。

實在是因為剛才那個衝擊太強烈了，他又不是性冷感，而且還是在和向暖共處一室的情況下……

他現在心臟跳得厲害，喉嚨緊繃，嗓子有點乾。

向暖羞得動都不敢動一下，只管埋著頭。林初宴的角度只能看到她烏黑柔亮的頭髮，和紅成蝦子的耳廓。

竟然有些迷人。

林初宴覺得這房間無法待了，只要有空氣的地方就充盈著她的氣息，寂靜無聲的誘引彌漫進每個毛孔。

難以抵抗。

林初宴把手機塞到向暖手裡，指尖無意間劃過她的手指。

然後他站起身，低聲說：「我出去一下。」

向暖輕輕點了一下頭。

林初宴拿起手機出門，出去時掃了彈幕一眼，螢幕滿滿的「哈哈哈」。

……可惡。

第三十九章

林初宴離開後，向暖才剛感覺好了那麼一點，陳應虎就突然發聲了。

『我可什麼都沒聽到。』陳應虎的語氣特別貼心。

向暖好尷尬。「謝謝你。」

『那妳現在還要玩嗎？』

「要，怎麼不玩呢？」

陳應虎把她拉進1V1，繼續解釋：『妳看出來了吧，花木蘭是戰士，攻擊距離很近，妳的貂蟬要拉開距離和她打，打消耗，最好不要被她貼上來。花木蘭有不錯的爆發力，黏上妳之後可能一套帶走。』

虎哥直播間的粉絲在嚷嚷著「要初晏」，沒人想聽貂蟬教學。反正已經看過很多攻略了，依舊學不會，該爛還是爛。

陳應虎正在講解給向暖聽，趁著空檔掃一眼彈幕，於是幸災樂禍地說：『是你們把他嚇跑的，別跟我要人，沒有，哈哈哈哈……繼續說貂蟬。前期不許亂鬧，把該打的兵都打了，保證發育。因為SOLO地圖裡沒有野區，沒地方讓妳刷藍Buff，為了滿足法力消耗，妳前期先買個進化水晶，每次升級都能回藍。』

「嗯嗯……」向暖比上課聽講還認真。

『我剛才講的那些都是最基礎的，現在才是重點。貂蟬要想贏，用好二技能是關鍵。二技能釋放瞬間有零點三六秒的無敵效果，能不能用好二技能是高手貂蟬和普通貂蟬最大的區別。』

「那怎樣才能用好二技能呢？」

『預判。妳要提前判斷出對手意圖，當然，這需要足夠的反應力和手速。』

向暖對花木蘭的技能還沒熟悉到能預判的程度。陳應虎一邊展示技能一邊讓她躲，並說：『二技能不要隨便亂用，有時候一個技能捏在手裡比放出去的效果更好。』

這一點向暖特別能理解。她用張飛的時候就是這樣，有時候明明有大招，就是捏著不放，敵人心裡就有障礙，不敢冒然前進，畢竟醜男大變身時能醜哭一個團的人。

兩人的教學活動進行得很投入，直播間的粉絲都在洗版：『初晏哥哥快回來，你老婆要跟虎哥跑了！』

過了一會兒，林初宴傳訊息給向暖：晚飯想吃什麼？

向暖：什麼都行。

林初宴回來時提著很多東西，有晚飯、過夜的零食和飲料，還有一個小抱枕。如果睏了可以墊著抱枕睡覺，總比枕著手臂舒服。

向暖一想到剛才的事情，還有些不好意思，不知道該怎麼面對他。她埋頭吃飯，一句話也不說。

吃著吃著，她聽到林初宴突然笑了一聲。

「笑什麼？」她看著他。

「沒事。」林初宴低頭壓了壓嘴角。

「你不許笑了。」

「嗯。」林初宴剛答應完就沒忍住，輕輕牽起嘴角，看了她一眼。

向暖舉著筷子作勢要打他。

林初宴推了一下餐盒說：「肉給妳吃，別打我。」

「林初宴，大傻子。」

「向暖暖，小流氓。」

「……」

※　※　※

這晚，虎哥直播間的人氣呈現了鋸齒狀變化。每隔半個小時人氣突然飆升，飆升幾分鐘後又立刻落到谷底，然後再過半個小時重複這個過程。
在林初宴沒唱歌的時段，直播間的人氣少得可憐。
陳應虎倒是看得很開，非凡的實力賦予他非凡的自信，今天人都走了沒關係，明天他去打排位，稍微秀一秀騷操作，人就都回來了。
不過有一點他覺得有點奇怪——直播間裡還是有些人堅守著，但是沒人發彈幕。
「你們怎麼不說話？」陳應虎問。
一個初級小號發了一則彈幕：都被禁言了，-_-|||
陳應虎：「為什麼禁言？」
——因為說暖暖操作不好。
陳應虎心想：這確實是林初宴能幹出來的事。
與此同時，在南山市郊區的某棟別墅裡，一個戴眼鏡的男人此刻正坐在電腦前沉思。
這座別墅很大，客廳被一分為二，一邊是會客室，一邊是訓練室，中間是用原木打造的分隔牆。牆上掛著一面黑色的旗子，LOGO和字都是金色，寫了「無敵」兩個字。
一個小個子的平頭男生端著水杯經過，看到眼鏡男神態認真地盯著電腦，就好奇地湊過來問：「常哥，在看什麼呢？咦，虎哥？你不會也想打他的主意吧？我聽隔壁戰隊的說……」
「不是。」眼鏡男打斷他。「小志，你看，這個貂蟬。」
小志看了一眼貂蟬的操作，評論：「不怎麼樣。」

「是不怎麼樣，但是三個小時前，她比這差很多。」

「常哥你看了三個小時？」小志很會抓重點。「你不會真的在打虎哥的主意吧？」

「不是，我不喜歡話多……我問你，在你剛玩遊戲那時對很多英雄不了解，給你三個小時，你能把一個貂蟬從零練到這個程度嗎？在有人講解給你聽的情況下？」

小志愣了愣，接著非常認真地思考一番，終於搖頭說：「也許不能。」

貂蟬比較重預判和手速，就算知道該怎麼做也不代表能做到，需要多練習。

常哥沒拆穿小志說「也許」兩字時透出的心虛，他只是推了推眼鏡說：「這世界上有很多事情努力就能做到，但還有一些因素在努力之外，比如天分。」

小志倒了兩杯水回來，兩人一起坐在電腦前看。

就這樣看了兩個多小時。

中間老是有個男的跑出來唱歌，有夠煩。

看到後來，小志的臉上已經帶著不小的驚訝。

「會不會是為了節目效果？」小志說出了一個可能性。

「應該不是，明天再看看吧。明天這女孩跟人約了單挑，陳應虎說會進行直播。」

「單挑直播也可能是為了節目效果，炒作什麼的。」

「你小小年紀，怎麼那麼多心眼？」

小志吐了吐舌頭。

※　※　※

向暖和那個所向披靡約下午一點，在電競社的辦公室面對面打一場1V1。雙方都可以帶五個以內的人來觀戰，既能加油助威，又可以互相做個見證，省得再被人說是代打。

電競社的辦公室挺大的，歪歪學長聽說此事之後，用一天的時間賣了三十張觀戰門票，賺了將近一千塊錢人民幣。

所以向暖來到約好的比賽地點時，看到已經有好多人在等著圍觀。

大家可真夠閒的……

手機螢幕太小了，那麼多人看肯定不盡興，還容易打擾到比賽中的兩人，所以歪歪學長借了投影平板，打算在牆上投影。

真是有夠貼心……

向暖一夜沒睡，現在竟然一點也不睏，反而非常興奮，眼睛特別亮。

閔離離、鄭東凱他們幾個也都來了，幫向暖加油打氣。

向暖到了之後兩分鐘，所向披靡終於出現了。

這個人身材瘦小，氣勢卻很高昂，走在最前面，幾乎要用鼻孔看人了。

林初宴站在向暖身旁，看到所向披靡的正臉時說道：「是你。」

向暖有點困惑。「誰啊？」

這個所向披靡看起來是有點眼熟，但向暖覺得應該不認識。

當她問出「誰啊」兩個字時，所向披靡的臉色變得有點難看。

「蠟燭，表白，嫌醜，拒絕。」林初宴說了幾個關鍵字。

所向披靡的臉色更加難看了。

向暖一下子想起來了。這男生在她宿舍樓下點蠟燭當眾表白，光線不好，她也沒注意他長什麼樣子，過後就忘了。所以他在論壇抹黑向暖，就是因為被拒絕？由愛生恨？

這可真是……不知道該說什麼好了。

但不管怎樣，那些亂七八糟的事情都要暫時拋開，向暖現在只想贏。

兩人面對面坐下，開好房間。

「需不需要我讓妳一件裝備啊？」所向披靡說道，語氣特別囂張。他總是無法忘記那天向暖對他的羞辱，今天他要把失去的尊嚴奪回來。

「不用。」向暖淡淡拒絕。

歪歪學長聽不下去了，說道：「所向披靡違反競賽精神，警告一次。」

向暖深深吸了口氣，突然有點緊張。

這時，肩頭突然出現一隻手掌。

她側過頭，看到林初宴的臉。他正在對她笑，笑容是那樣乾淨溫柔。

「加油。」他輕聲說了。

向暖心裡一暖。「嗯！」

所向披靡果真選了花木蘭，他看到向暖選了貂蟬，有些意外，接著又是自負的笑：「我勸妳還是用莊周這種傻瓜英雄。貂蟬固然能克制花木蘭，可是妳——秀得起來嗎？」

歪歪學長好生氣。「所向披靡騷擾對手，警告一次。」

有人問：「警告多了會有什麼後果？」

歪歪露出謎樣的微笑說：「我們電競社有幾十個壯漢。」

所向披靡終於閉嘴了。

遊戲開始。

向暖牢記虎哥的諄諄教誨，貂蟬前期不鬧，先老老實實清兵。但是所向披靡哪肯放過她，不打兵先打人，貂蟬走位失誤，被花木蘭的一技能打了個全套，接著打出沉默效果，向暖嚇得把淨化用了。

淨化的冷卻時間長達兩分鐘，一般是捏到關鍵時刻才肯用的。

所向披靡故意笑出聲。

向暖抿了抿嘴。雖然貂蟬被打掉很多血，但是她沒有撤退。如果撤退了，這波兵線就浪費了，沒有錢的貂蟬和廢物沒兩樣。

她和花木蘭拉開距離周旋，打完兵升二級，安全地撤退，補了點血。

然後依舊小心翼翼地打，先賺錢，和花木蘭拉開距離，時不時地消耗一下。

花木蘭幾次試圖貼身，都被她躲掉了。

如此相安無事，兩人都升到四級，都有大招了。

花木蘭突然成功突進到貂蟬身邊！

向暖看了一眼血量，感覺可以一戰，於是開了大招唱歌跳舞。

唱著唱著，她發現其實打不過，於是不敢戀戰，跑掉了。

花木蘭停在原地釋放一技能。大刀一技能有個蓄力過程，花木蘭蓄力的時間，向暖已經逃出技能範圍。她以為安全了，卻沒想到花木蘭突然用了閃現。

這招俗稱「R閃」，釋放技能的同時按閃現就可以調整技能的方向，經常能打一個出其不意、攻其不備的效果。

所以向暖又變得不安全了。她現在逃命技能已經用完，剩下的那一點血直接被花木蘭耗光了。

向暖躺在泉水裡，有些懊惱。

這一招她知道，虎哥教過的，她怎麼沒意識到呢……

肩頭突然又被按住，她聽到一旁林初宴的低語：「沒關係，慢慢來。」

平靜溫和的聲音，像溫開水。向暖聽在耳裡，冷靜了不少。

其實眼前這個情況都在虎哥的預測中。花木蘭只要不傻，開局一定會打得很凶來壓制她。裝備成型的貂蟬太可怕，前期一定要打壓。

向暖感覺自己冒失了。她穩了穩心神，看一眼經濟差。

花木蘭的金幣已經領先她不少，她不可以讓經濟差繼續被拉大。

賺錢賺錢！

向暖又開啟了小心翼翼模式，收兵為主，隔著老遠消耗花木蘭，花木蘭一旦試圖靠近，她就會躲開。

如此慢慢地拖到第十分鐘，貂蟬十三級，已經有了四件神裝。

「神裝在手，笑看瘋狗。」向暖不自覺說了一句。這是虎哥經常說的話。

「咳。」歪歪學長說：「是暖暖啊辱罵對手，嗯，警告一次。」

向暖操控貂蟬小仙女繼續和花木蘭周旋，當花木蘭再次靠近打算用技能控住貂蟬時，向暖立刻開淨化，接著大招，唱歌跳舞，吸血殺人。

花木蘭本來已經被她耗掉一部分血量，這下直接一溜煙跑了。

向暖藉著花木蘭回家補血的功夫，差不多補平了經濟差。

終於，兩人又站到同一條起跑線。

再次狹路相逢時，花木蘭欺身上前，向暖走位失誤，被花木蘭打了一套，掉了很多血。她沒有跑，原地開大招和花木蘭周旋。

兩人的血量嘩啦啦地往下掉，很快就掉到了危險的程度。

似乎接下來不管誰吃到下一個攻擊，都會當場斃命。

花木蘭切換武器了。

切換武器會在一瞬間造成一波傷害，讓人根本沒時間做出反應。向暖此刻離得很近，已經來不及跑，這波傷害她吃定了！

有些觀眾已經開始為向暖惋惜。遊戲打到後期，復活時間很長，死一次就可能定出勝負。而向暖的貂蟬確實發揮不錯，勝利已經離她如此近，卻突然揮手遠去。

然而，花木蘭武器是切換了，向暖的血條卻沒有動，穩如泰山。

貂蟬輕盈的身影突然飄開。

她提前預判好了，時間算得分毫不差，恰好用二技能的無敵狀態抵銷了花木蘭的傷害。

貂蟬還活著，花木蘭已經倒下了。

遊戲結束時，向暖還不敢相信自己真的就這麼贏了。

她放下手機，發現自己的手在發抖。

她看著所向披靡，笑著說：「叫爸爸。」

所向披靡剛輸比賽時還是一臉茫然，彷彿在作夢。

等到向暖要他喊「爸爸」，他才回過神來，臉色黑得像包公。

歪歪學長帶頭鼓掌說：「叫爸爸！叫爸爸！叫爸爸！」

其他人也跟著起鬨。

所向披靡無比後悔自己昨晚手賤，把和向暖的聊天紀錄發到論壇，現在被架在火上，只好叫了一聲：「爸爸。」聲音像蚊子一樣。

向暖說：「我聽不到。」

「爸爸！」

圍觀群眾哄堂大笑。

所向披靡面子十分掛不住，忽然起身離開。

圍在一起的人群讓出了一條通道。

他快走到門口時，身後突然傳來一聲「喂」。不高不低的聲音，中氣十足。

所向披靡轉頭看了一眼。

是林初宴。

「你還沒有道歉。」林初宴說。

所有人的目光都集中在所向披靡身上。就連他自己帶過來的親友也覺得他確實需要跟向暖道個歉。

實話實說，錯了就認，這才是男人該做的事。

這一刻，沒人起鬨或嘲笑，所有人都靜靜看著他，等待他的道歉。

「對不起。」所向披靡說道，終於低下頭。他剛才輸了比賽沒低頭，叫爸爸也沒低頭，但此刻他低下了他驕傲的腦袋。

這一聲「對不起」讓向暖鼻子一酸，差點哭出來。她故意翹了翹嘴角，深吸一口氣舒緩情緒，然後笑著說：「我接受你的道歉。」

所向披靡如釋重負，伸出手開門。

「等一下。」林初宴又叫住他。

「你到底還要怎樣！」所向披靡有點崩潰。

「我也要和你單挑。」林初宴平靜地看著他。

所向披靡氣道：「好啊，來，SOLO，輸了也要叫爸爸是不是？」

「我所謂的單挑，是指真人SOLO。」林初宴說完緩緩站起身，慢慢走向他，一邊說：「我要和你決鬥。是男人就接受。」說完，不知從哪裡摸出來一隻手套，嗖地一下扔在地上。

「來吧，醜男。」

「我他媽有名字……」

眾目睽睽之下，這種雄性之間的挑釁行為關乎面子，所向披靡沒辦法拒絕。

但他這次學聰明了，提前和林初宴約好：決鬥是兩個人的行為，不允許第三人觀看。林初宴點頭應允。

歪歪有點遺憾，不能賣票了。

※　※　※

當天下午，兩個要決鬥的男人去了學校西門的小樹林。

西門那邊還沒規劃好，小樹林附近沒什麼人。樹林裡大部分是白楊樹，現在樹葉都掉光了，只剩下筆直的樹幹。遠遠望去，像一根根倒插在地上的白色鉛筆。

向暖在樹林外，守著林初宴的書包。

她有些無聊便登入遊戲。剛進去就有人邀請她打排位，這個人的ＩＤ是「博哥哥」。

向暖記得他，是林初宴的朋友，昨天在ＫＴＶ碰到了，講起話來天花亂墜，最近在砸錢弄戰隊。

以上都不是重點，重點是——這位據說是個高手。

向暖欣然點了接受。

進入隊伍後，鄧文博傳了一則奇怪的訊息給她。

博哥哥：妹子，別跟初宴說妳在遊戲裡遇到我。

是暖暖啊：啊？為什麼啊？

博哥哥：他可能會非禮我。拜託拜託。

是暖暖啊：……

這都什麼亂七八糟的。

兩人進遊戲，鄧文博選了風流倜儻的李白。他以為向暖會選貂蟬或昭君這類美女英雄，方便和李白勾勾搭搭，結果妹子想也不想就鎖定了張飛。

王者榮耀是適合滋生姦情的地方，但是要李白和張飛發生點什麼……鄧文博發現自己有些心理障礙。

不管怎麼說，鄧文博還是希望在美女面前展示自己強悍的實力。於是他要向暖開語音，他一邊指揮一邊用李白秀技術。

向暖表現得很乖很聽話，但是過了一會兒，她發現鄧文博的李白不怎麼樣。不要說和虎哥比了，就連林初宴都比不上。

李白第三次被敵人抓死時，向暖無意識地評了一句：「老年人手速。」

鄧文博，卒。

向暖玩遊戲就是有這樣一個缺點，有時候自己都沒意識到自己說了什麼，話就蹦出來了。那些毒舌，百分之九十以上是從虎哥那裡批發來的。

鄧文博受到了傷害，一心想著要翻身證明自己。但是最後沒等到他翻身，這局遊戲就結束了。向暖和其他幾個隊友都比較穩，所以最後還是贏了。

他迫不及待又邀請向暖再打一局。

這時向暖聽到樹林裡傳來腳步聲，於是連忙點了拒絕。

鄧文博很受傷。

※　※　※

林初宴和所向披靡一起走出樹林。

向暖看到林初宴臉上和身上都沒事，只有髮絲有點亂，於是放了心。

再看所向披靡。鼻青臉腫，一瘸一拐……有點慘。

兩人走到向暖跟前時，所向披靡瞪了林初宴一眼說：「死變態。」

林初宴朝他微微一笑。

所向披靡像隻瘸腿兔子一樣跑掉了。

今天真是他二十年的人生中最悲慘的一天。先是被迫叫一個小女生「爸爸」，然後被一個死變態打了一頓，死變態把他按在地上，逼他叫媽媽……

他都快哭了。

向暖看著所向披靡的背影，覺得有些奇怪地問林初宴：「你不會是非禮他了吧？」

「沒有。我再強調一遍，我是直男。」

向暖收起目光。「喂，你沒受傷吧？」

林初宴本來沒受傷，但是向暖一關心他，他就感覺自己似乎是有點受傷了。於是他往樹幹上一靠，一條腿支撐著自身全部重量，另一條腿虛虛地點著地面。

「我其實腿有點疼。」

「那怎麼辦，趕緊去醫院吧？」

「沒事，應該只是拉到筋了，妳讓我休息一下。」

林初宴的後腦勺抵著樹幹，垂著眼，目光正好落在她臉上。天氣有些冷，她的臉凍得發白，這使她臉部的線條顯得柔美而脆弱，讓人特別想小心翼翼地捧住。

向暖皺起秀氣的眉。「會痛嗎？」

他看著她那雙漂亮的桃花眼，那眼底有擔憂的情緒。他的心口突然有些柔軟，不禁牽起嘴角笑了一下。

「你怎麼還笑啊？」

「沒事，走吧。」

林初宴不愧是戲精，演技拿捏得十分地道。他那條「痛」的腿輕輕點著地，走路倒是還能走，但有點吃力，歪歪扭扭的樣子，讓人覺得他下一刻就會摔下去。

向暖有些不放心，走出去幾步，她乾脆拉他的手臂說：「還是我扶你吧。你不要害羞，我們是好兄弟。」

「嗯。」林初宴輕聲應道。

他心想：我不會害羞。

接著又想：誰跟妳是好兄弟。

向暖架著林初宴的手臂，兩人的身體貼得很近，她都快撲進他懷裡了。

林初宴的身材比她高大很多，這下幾乎把她完全籠罩住。向暖覺得自己像是藏在老母雞翅膀下的小雞。

她的臉有點熱。

畢竟和一個男生靠這麼近。而且兩人身形上的差距，讓她有種身為女性本能的羞怯感。

頭頂上方突然傳來他的聲音：「想聽歌嗎？」

「好啊。」

她以為他的意思是用手機放音樂給她聽，結果他清了清嗓子，親自開口唱了。

唱的是《情非得已》。

他的聲音離她那麼近，像是附在耳邊的深情訴說，溫柔動聽。距離越近，殺傷力越大，向暖幾乎要醉死在他的歌聲裡了。

那一刻，兩人都希望這條小路不要那麼快走完。

當天晚上，林初宴發了一則朋友圈，並且設置了分組查看，向暖沒有許可權，但是陳應虎可以看到。朋友圈的內容是——

女生都是好色的。

陳應虎回覆：好奇你經歷了什麼……

林初宴：^_^

第四十章

單挑事件之後，向暖竟然擁有了一小撮粉絲。

喔，不對，是兩小撮。

一部分是本校的。當時在現場圍觀，之後跑到論壇討論，繪聲繪色地說了一番，向暖因此多了一些迷弟迷妹。

另一部分是在虎哥直播間看了單挑的。有些人覺得是為了節目效果炒作，也有些人深信不疑，視向暖為女神。

深信不疑的人當中包括無敵戰隊的教練，常三思。

常三思沒有貿然去找向暖，而是先聯繫了陳應虎。陳應虎雖然只打過幾天職業，但職業圈一直流傳著他的傳說，很多人有他的聯繫方式。

常三思打電話給陳應虎，兩人閒扯淡了一會兒後，他開始跟陳應虎打聽直播間那個女孩。

陳應虎一聽，笑著說：『常哥，什麼意思？你戰隊還缺人啊？』

常三思倒也不遮掩，回答：「我感覺她挺有天分的，我們這裡雖然沒有主力位置，不過可以請她先來試訓看看。你能不能幫我問問她？或者給我聯繫方式，我自己去問。」

其實常三思自覺把話說到這分上已經是誠意十足了。他們招青訓隊員的基本條件是必須有至少三個特別拿手的英雄，至少能勝任兩個位置，另外，王者段位不能低於四十顆星。

這已經是最低條件了，但「是暖暖啊」遠遠未能達到這些要求。

陳應虎沒立刻答應，而是說：『常哥，我就跟你說一件事，你知道她是哪個學校的嗎？』

「哪個學校？」

『南山大學。』

常三思想過各種可能，比如是暖暖啊願不願意來，有沒有興趣打職業，或者她透過訓練到底有多大的上升空間，雙方的薪資意願能不能達成一致……他甚至想過，如果她把自己當作騙子，他要怎麼證明自己……

但他沒想到最大的阻力不是這些。

人家是名牌大學的。

雖然這年頭大學生越來越多，但南山大學是老牌名校，「南山大學」這四個字基本上就意味著前途無量。

他們是天之驕子，有大好的前程，為什麼要跑來跟你苦哈哈地打電競？

許多人把電競當夢想，假如樸素一點，回歸到最根本，這就是一份謀生的職業。作為職業，它充滿殘酷的競爭、優勝劣汰；它靠年輕吃飯，選手的職業生涯短得要命；它的投入與回報難成正比，在這一行「努力」是最不值錢的，因為每個人都很努力。

常三思一聽那個女孩是南山大學的，立刻打消了想法。就算他夠無恥，用「夢想」把她拐來打職業，人家還有爸媽呢，爸媽要是知道了恐怕會一把火燒了他。

※　※　※

陳應虎轉頭就把這件事忘了，也沒和向暖提，所以向暖並不知道自己竟然被職業戰隊看上了，否則她一定飛上天。

擁有了粉絲的向暖也有了一點煩惱，那就是總有人順著ＩＤ摸過來加她好友，加完好友就要她帶。向暖知道自己有幾斤幾兩重，她一個輔助要怎麼帶動別人？如果用貂蟬，到時候是誰帶誰還不一定呢……

她有點偶像包袱，於是不敢答應帶人。

然後她乾脆把ＩＤ改了，這樣別人就不會找上門了。

林初宴這晚登入遊戲時，發現向暖的ＩＤ變成了「暖神」。

於是他也買了改名卡，改成「初神」。

初神邀請暖神組隊，暖神進隊。

向暖開著語音，一看到林初宴的ＩＤ，立刻笑了。「你好囂張喔。」

林初宴笑了一聲，學她的語氣說：『妳也好囂張喔。』

明明是個男生卻非要學女生的腔調，向暖起了一身的雞皮疙瘩。

林初宴想起一件事，問向暖：『鄧文博最近沒騷擾妳吧？』

「那個人技術可真不怎麼樣。」

林初宴心口一跳，問道：『什麼技術？』

「遊戲技術啊，不然還能是什麼？」

『沒，沒什麼。』

向暖一陣莫名其妙。她看著手機螢幕，發現好友欄裡「忘卻」在線上，於是眼睛一亮，邀請了他。

忘卻進入隊伍。

初神：？

暖神：容我隆重介紹一下，這位就是我那天跟你說過的超級厲害的露娜。

暖神：露娜還記得我嗎？我用張飛和你玩過，原先叫「是暖暖啊」，現在改了名字。

初神：你好。

過了一會兒。

忘卻：嗯。

三個人很快就匹配好，選完英雄進了遊戲，忘卻突然說話了。

忘卻：你好。

初神：……

這反射弧……真的能玩好露娜嗎？

向暖選了貂蟬，忘卻用的還是露娜。貂蟬和露娜都很需要藍 Buff，向暖知道自己貂蟬玩得一般，雖然她贏了花木蘭，但 1V1 和 5V5 完全是兩種不同的概念。她不敢搶資源，於是傳了訊息提醒露娜。

暖神：露娜你拿藍。

忘卻沒有回應，而是跑去敵方野區惹事，搶了敵人的藍 Buff。

然後他說：你拿。

這局遊戲，忘卻的露娜自始至終都是去搶敵人的藍 Buff，如果敵人先一步打了藍 Buff，他就把敵人殺了，然後繼承死鬼的藍 Buff。

自家的藍一直留給貂蟬。

暖神感覺有點暖。

初神感覺有點酸。

一局遊戲結束，林初宴拉向暖，向暖又拉了忘卻。

林初宴有股衝動想把忘卻踢掉，不過還是忍住了。

暖神：大神加個微信，我有事要跟你說。

忘卻報了帳號，林初宴靠著自己非凡的手速第一時間加了他的微信，然後建了群組，把忘卻和向暖都拉群組裡。

初晏：說吧。

是暖暖啊：……

她還沒回過神呢。

忘卻：？

向暖連忙說：是這樣的，我看你操作這麼犀利，你都可以去打職業了吧？

忘卻：不清楚。

是暖暖啊：我正好認識一個人在弄職業戰隊，我幫你問問吧？

忘卻：好，謝謝。

初晏：我去問吧。

向暖一想：正好，林初宴和鄧文博更熟。

林初宴覺得向暖對忘卻確實沒有別的想法，於是鬆了口氣。

第二天林初宴跟鄧文博提了一下這件事，鄧文博打聽了忘卻的情況，立刻表示嫌棄。他鄧文博要弄的是超爆幹帥的戰隊，他只要已經成名的職業選手或超級路人王。超級路人王必須至少是某個區的排行榜前三，沒進前三就不要來和他打招呼。

排行榜前三不僅需要實力，還需要時間。忘卻白天要上班，只有晚上打一下遊戲，根本沒時間衝排名。

當然這些情況鄧文博並不想了解，他要的只是結果。結果就是在鄧文博眼裡，忘卻連根韭菜都不算，所以拒絕。

向暖有點遺憾。

不管怎麼說，和忘卻算是認識了，偶爾三個人也會一起玩。時光戰隊原先的固定隊伍成員在奪得校內比賽冠軍後，基本上算是解散了。因為鄭東凱、毛毛球和大雨他們都在積極地準備期末考。

……等等，期末考！

啊啊啊啊啊啊！

期末考！

「離離妳去自習室怎麼不叫我！快考試了！」

「姊姊我天天叫妳，妳都不理我，我一顆心已經涼透了。」

「對不起對不起，是我的錯。啊啊啊，要考試了怎麼辦……」

「事到如今才在後悔嗎？」

「嗚嗚……」

「穩住，我們能贏。」

「……」

向暖靈魂深處有一個叫「罪惡感」的東西覺醒了。

呵呵，一頭栽進遊戲裡，不好好念書，還抄作業，現在好了吧？要考試了！如果被當，就太丟人了！

不行，不可以被當！

她當機立斷刪除了王者榮耀，決定備戰考試。

刪完遊戲後，她發了一則朋友圈：垃圾遊戲，毀我青春！

林初宴問她：妳怎麼了？

向暖：我要考試了。/(ㄒoㄒ)/~~

林初宴：摸摸頭。

向暖：你不緊張嗎？你也要考試吧……

林初宴：我們的主修科目滿簡單的。

向暖：走開！無恥的人類，不要和我們仙女說話。

林初宴：……

※　※　※

期末的考試週是通宵念書的高發期。

南山大學雖然是名牌大學，學生相對來說比較優秀，不過總有部分人士平常不好好念書，臨時抱佛腳，希望透過一個晚上的突擊複習蒙混過關。

學校是不贊成這樣的，所以以前並沒有通宵自習室。

但幾年前發生過一起事件，一個學生晚上獨自去校外二十四小時營業的餐廳通宵念書，出去之後就再也沒回來，直到現在依舊下落不明。

校方基於安全方面的顧慮，終於還是弄了通宵自習室。

鳶池校區在南山市的北邊，以前算近郊，後來才慢慢開發起來，所以建分校時地皮不像市中心那麼珍貴，教學大樓都蓋得很大很寬敞，教室很多。通宵自習室不缺座位，不用提前去占位。

向暖吃過晚飯，去超市掃了點貨做好戰前物資儲備，然後就鬥志昂揚地去了教學大樓。她在教學大樓門口遇到了沈則木。

沈則木正在擺弄一輛公共自行車，一轉身看到她就朝她點了點頭。

「學長好。」向暖跟他打招呼，沒停下腳步。

沈則木視線掃過她手裡提的塑膠袋。那是超市兩毛錢人民幣一個的袋子，半透明。透過袋子隱約能看到裡面有些零食和飲料，飲料是紅牛、雀巢咖啡，都是拿來提神醒腦的。

沈則木丟下公共自行車，長腿一邁跟了上去。

向暖正目不斜視地走著，一道身影突然走到她前面。是沈則木。

「學長你也要去自習室啊？」

「嗯。」沈則木聽到向暖跟他說話，於是放緩腳步，兩人並肩而行。

向暖不好意思告訴沈則木她要去通宵自習室。通宵自習表示平常沒有努力，是可恥的。

結果她隱瞞實力的願望還是落空了，因為最後他們兩人一起站在通宵自習室的門口。

向暖搔了搔頭，心想：原來是同道中人啊……

坐在通宵自習室裡的向暖突然想到一件事情。

「學長，你不是每學期都拿獎學金嗎？怎麼還來通宵？」

「為了拿獎學金。」沈則木面不改色地回答。

向暖發現要當個成績優秀的人也挺不容易的。

向暖明天要考的科目是會計學。她一翻開課本，沈則木的眼睛就快瞎了。只見她的課本用彩色螢光筆劃了很多，花花綠綠的，非常提神。

這樣花團錦簇的標記至少表明學習態度還算認真，那她有必要來通宵嗎？

沈則木有點疑惑。

但很快就明白了。

向暖認真的態度並沒有持續多久，翻著翻著，重點越來越少，塗鴉開始變多，其中夾雜著一些王者榮耀裡的人物——莊周、妲己、張飛、諸葛亮之類的……

沈則木突然想到向暖發過的那則朋友圈「垃圾遊戲，毀我青春」，結合眼前的情況，那當屬肺腑之言了。

會計學死記硬背的東西不算太多，但是要記一些公式，還要計算，這就比較麻煩了。向暖對數字的東西不太敏感，大學入學考填志願時純粹是根本不知道自己要念什麼，就在熱門科系裡選了一個。所以她對經管科系並沒有太大的熱忱或反感，她只是謹守身為一個「好學生」的本分來對待主修科目——就像高中時代那樣。

好吧，其實她「好學生」的本分在上大學一個月後就在慢慢流失。

向暖心想一定是因為她認識了林初宴，正所謂近朱者赤，近墨者黑。她成天跟林初宴那個不學無術的人一起玩，自己也就變得不學無術了。

此刻遠在主校區的林初宴並不知道自己揹了黑鍋。向暖不在，他登入遊戲也覺得有點索然無味。其實哪是什麼遊戲好玩，不過是跟有趣的人一起玩，遊戲才變得有趣了……

無所事事的林初宴也揹起書包出門去念書，和鄭東凱他們一塊泡在圖書館。鄭東凱和毛毛球因為一道題目爭論起來，林初宴好奇地湊過去，聽了一會兒後，他三言兩語就幫他們解釋清楚了。

毛毛球嘆了口氣。

「我說得不對嗎？」林初宴問。

毛毛球搖頭。「不是，我是在想，上天既然給了你這麼好的天分，你為什麼不珍惜呢？」

「我一直都有在珍惜。」

「你怎麼珍惜？你這麼懶，如果勤奮一點……」

「你錯了。」林初宴反駁：「上天是悲憫的，他給我一點天分，是不希望我太辛苦。如果我努力了，勤奮了，勢必會過得很辛苦，那才是辜負上天的好意。」

毛毛球被林初宴這清新脫俗的世界觀嚇得張口結舌，呆呆地自言自語：「媽媽，我好像遇到邪教了。」

※　※　※

算數對向暖來說是一件比較催眠的事情。她複習了一會兒就開始打呵欠。

沈則木低頭看了手錶，心想：也太早就睏了吧？

向暖從她的儲備物資裡掏出一罐咖啡，見到沈則木在看她，一副想喝又不好意思開口的樣子。於是她心一軟，給了他一罐。

反正她自己買了好多呢。

沈則木接過咖啡並打開。這種罐裝的咖啡拉環比較難開。

打開後，他把咖啡遞還給她。

向暖這才知道他誤會了。其實她自己沒那麼嬌氣，不過學長這麼紳士，讓她非常有好感。

她笑著把咖啡推到他面前說：「學長你喝，我還有。」

「我不睏。」

「那等一下學長睏了就跟我說，這裡還有很多。」

「好。」

沈則木見向暖握著咖啡要喝，突然攔住她。「等一下。」

「怎麼了？」

「不涼嗎？」他指了指那鐵製的小罐子。剛才拿在手裡，怪涼的。

「沒事，我身體很好。」向暖說著，手裡卻突然空了。

沈則木拿走了她的咖啡。

他把咖啡放在水杯裡，去外面的茶水間倒了熱水。

這樣泡了一會兒，咖啡再拿出來就是熱的了。

向暖用面紙擦掉鐵罐上的水，然後把它握在手裡，微微燙的溫度。熱量透過掌心傳到體內，順著血管流進心房。

她朝他笑了笑。「謝謝學長。」明媚的眼睛映著教室內的燈光，顯得特別亮。

沈則木低下頭。「嗯。」若無其事地翻書。

翻得有點快。

向暖喝完一罐咖啡，感覺還是沒什麼精神，於是起身出去，打算在外面透透風。她認為教室裡人太多，缺氧才是導致她睏倦的真正原因。

沈則木雖然低頭看著書，其實注意力有點飄。

向暖出去後，一個男生走過來，神色十分可疑。他走到向暖的座位旁，迅速地把一張紙條夾到向暖的書裡。

這一切並沒有逃過沈則木的眼睛。

男生離開後，沈則木從書中翻出紙條，看了一眼。

……呵呵，現在的年輕人，都要考試了還不忘搭訕，真是欠當。

沈則木面無表情地把字條撕成四片，往口袋一放，動作一氣呵成，顯得特別心懷坦蕩又正氣凜然。

剛撕完字條，一個女生就抱著東西走過來，羞答答地看著沈則木說：「沈學長，我、我可以坐在你旁邊嗎？」

……呵呵，現在的年輕人，都要考試了還不忘搭訕，真是欠當。

沈則木繼續面無表情，搖頭說：「恐怕不行。」

女生被拒絕了，有些沮喪，她看一眼向暖的座位，問沈則木：「沈學長，你真的和向暖在一起了嗎？」

沈則木抿了一下嘴，沒有承認也沒有否認。

女生恍然，心碎離去。

向暖堅持到淩晨兩點多，已經快睏成瞎子了。於是她隨便往桌上一趴，幾乎是一瞬間就睡著了。

※ ※ ※

沈則木在想心事，倒沒有那麼睏。

她睡著後，沈則木轉過頭來，終於敢光明正大地看著她了。

向暖手臂交疊放在桌上，微微側著臉，太陽穴枕在手背上，只露出半張臉。白色的燈光灑下，越過她濃密挺翹的長睫毛，落在她的臉頰上。一綹頭髮滑落，像一道黑色的小瀑布，沿著她柔和白皙的臉蛋一直垂到嘴唇上方。隨著她鼻端的呼吸，那綹髮絲輕微抖動，小瀑布綿延不息。

她動了一下，披在身上的羽絨衣滑下去。沈則木立刻把她的羽絨衣拉起來，幫她蓋好。

接著，他把自己的外套也蓋在她身上。

對她來說，他的衣服太大，幾乎要把她埋起來了。

向暖哼唧一聲，換了個姿勢繼續睡。

沈則木看著她，突然有些感慨。

他是一個活得很清醒的人，清醒地知道自己的每一步該做什麼，也能清醒地看到自己的內心，那些愛與恨的源頭。

為什麼會被她吸引，原因真是再簡單不過了。

——這世上有很多的喜歡都源於好奇，沈則木這次也不能免俗。

※　※　※

即使是考試週的緊張也不會消滅同學們對八卦的熱情。這幾天，論壇上瘋傳沈則木和向暖在一起了，眾人言之鑿鑿，據說目擊者很多。

林初宴註冊了一個分身帳號，在那些討論貼文裡回覆「造謠是要坐牢的」。

結果被群起嘲諷。

林初宴好生氣。

鄭東凱安慰他：「你放心，我都打聽好了，他們只是去自習室碰到了。」說著晃晃手機。「安琪拉說的。」

林初宴稍稍鬆了口氣。

鄭東凱：「喔，對了，是通宵自習。」

林初宴：「……」氣死了。

鄭東凱快要樂死了。

他才不會主動幫林初宴助攻。林初宴吃癟多難得啊，他要多看一會兒。

毛毛球和大雨的心態類似。

林初宴對室友的壓迫終於遭到反噬，他自己還沒意識到這一點。

他現在滿腦子都是要怎麼去把沈則木這個死變態趕走。

※　※　※

林初宴發了一則朋友圈：有結伴去通宵自習的嗎？

這則朋友圈設置了分組，只有向暖一個人能看到。

發完朋友圈不久，林初宴又假惺惺地自己回覆自己：不去就不去，你怎麼講話那麼難聽。

這則朋友圈在向暖眼裡就是林初宴約人通宵自習，結果被人羞辱了……

這委屈幾乎要溢出螢幕了。

同樣身為不學無術分子，向暖立刻就感同身受，幫他點了讚，還安慰他：加油！

林初宴回覆：謝謝。我只是想找個人提醒我，否則很容易睡著。

向暖想到自己在通宵自習室呼呼大睡的經歷，更加感同身受了。

過一會兒，林初宴問向暖：妳不會也要通宵吧？

向暖：唔，是啊。

林初宴：那不如一起，互相監督，會比較有效率。

向暖：可是我們不同校區啊。

林初宴：簡單，搭車半小時。我去找妳。

向暖：這樣你不累啊？

林初宴：累什麼？是我坐車又不是車坐我，再說我這邊的通宵自習室太難占位了。

向暖：對喔，那你過來，我們一起去。

這天晚餐後，沈則木一如往常去通宵自習室等，結果等到了兩個人。

林初宴：「學長也來通宵？」

沈則木：「嗯。」

兩人一個似笑非笑，一個波瀾不驚，心裡都是一個大大的「呵呵」。

彷彿是冥冥之中的默契，沈則木和林初宴坐在向暖的左右兩邊。

其實林初宴很想坐在向暖和沈則木中間，但沈則木哪會讓他得逞。

向暖暫時注意不到這些明爭暗鬥，她現在眼裡只有念書。高等數學有多迷人，那些凡夫俗子是不會懂的。

林初宴看到向暖拿出高數課本，就說：「不會的可以問我。」

教室裡挺安靜的，他為了不影響其他同學，聲音壓得很低。他這麼囂張，向暖好想罵他，可是他壓低的聲音又那麼動聽，所以她只「哼」了一聲沒說話。

隔著向暖，沈則木沒聽到林初宴說什麼，只知道他們兩個在交頭接耳。他往旁邊一瞥，看到向暖一臉志在必得。

她總是那麼有自信。

向暖自己在那裡看書、解題，起初還好，後來寫著寫著就開始皺眉頭，擰筆帽，然後一股腦地把演算了半天的式子劃掉，撕下作業紙重新寫。

林初宴拿起被她丟掉的那團作業紙攤開來看，指著其中一行說：「妳從這裡開始錯的。」

「哼哼。」她拉不下臉來請教他。

林初宴忍著笑，緊挨著她坐過來——本來他們之間都是隔著一個座位，這樣才寬敞自在一些。

然後不等向暖反應，他已經拿起她手裡的筆，在空白的稿紙上重新演算起來，一邊寫一邊低聲解釋給她聽。

林初宴的字和他的人一樣放蕩不羈。他思路很清晰，所以寫得飛快，一行式子寫完就停下來耐心解釋。大概是怕向暖聽不懂，他說話的速度比較溫吞，講完了還說：「懂了嗎？嗯？」最後那個字尾音揚起，像一根撩人的手指輕輕撓著她的耳膜。

向暖都快醉了。「懂、懂了。」

林初宴嘴角微微一勾，繼續說下去。

雖然聽林初宴低聲教解題好幸福，但向暖也不知道自己怎麼了，總是走神，聽著聽著思緒就不知飛去哪裡了。最後林初宴問她明白了沒有，她只能硬著頭皮點頭。

不行，不能再這樣下去了。

過了一會兒，向暖又遇到不太懂的，就不敢再問林初宴。她往沈則木那邊挪了個位置說：

「學長，這道題你會嗎？」

林初宴：「……」太不給面子了。

沈則木讀的是自動化工程系，高數早就學過，且現在主修課程一直有用到。別說一道題，向暖一整本高數課本裡沒有他不會的。

於是他熟練地為向暖講解起來。

其實經管系的高數課程相對簡單，向暖並沒有很多不懂的，主要在記公式和靈活運用。不過向暖一想到她一整晚都要和高數打交道，立刻有點生無可戀的感覺。

她從書包裡掏出一瓶噴霧往臉上噴了噴，清涼補水，提神醒腦。

「這是什麼？」林初宴問道。

「補水的，你要嗎？」

林初宴閉上眼睛。

向暖幫他噴了一些。她發現林初宴的皮膚滿好的，這樣閉著眼睛不說話，又帥又乖，像畫一樣好看。

唉，可惜這樣的一張臉長在一個神經病身上。

補完水，向暖繼續啃高數。林初宴拿出手機，打開了王者榮耀。

向暖抬頭掃了一眼，剛好看到。

好幾天沒玩了，她現在一看到遊戲介面就覺得特別親切渴望，那個心態類似小別勝新婚。

林初宴玩遊戲，向暖就沒有解題的心情了，老是抬頭看他。他被砍死了，她還跟著扼腕嘆息。

沈則木都有點看不下去了。他也不知道是不是自己的錯覺，總覺得只要有林初宴在，向暖的畫風就會不太正常。

他本來想提醒向暖專心念書，可是當他剛要開口就看到她一臉神往艷羨。他莫名覺得又好笑又有點心軟。

沈則木把自己的手機關靜音，打開遊戲遞給她說：「玩吧。」

向暖不太好意思接下。

沈則木：「只許玩一局。」

「謝謝學長！」向暖連忙搶過來。

林初宴說：「向暖妳先別開，我很快就結束，我們倆雙排。」

向暖：「好喔。」

沈則木……想砍掉自己犯賤的手。

林初宴果然很快結束遊戲，和向暖組好隊時，他看到好友列表裡忘卻在線上，於是把他也拉進隊伍。

向暖心想：有忘卻大神在，這局穩了！

然而，事與願違。

這局遊戲他們打得極其不穩定。向暖因為有忘卻在，就選了一個她自己不擅長但美貌度很高的大喬，這是其一。其二，忘卻的露娜有點慘烈，走位有各種失誤，反應也很遲鈍。

遊戲最後以失敗告終，向暖一臉遺憾，悻悻然把手機還給沈則木。嗚嗚，好想再玩一局。

沈則木卻不為所動，說一局就一局。

向暖想到忘卻的異常，便悄悄地探出身子和林初宴講話。林初宴摘下耳機，將耳朵湊過去聽。

向暖說：「這個露娜肯定不是忘卻本人。你說，會不會是他女朋友？」

「不是，忘卻沒有女朋友。」林初宴說。

向暖：？？？少年，你知道得好像有點多耶……

林初宴側了一下臉，在她耳邊小聲解釋：「忘卻的手凍傷了，所以操作慢。」

向暖恍然。「難怪啊……」接著又搖頭，一臉見鬼地看著林初宴。「你怎麼知道啊？」

「他自己說的。」

「他怎麼不跟我說？」向暖心裡莫名有點酸楚。明明是她先認識忘卻的。

「妳好幾天沒登入遊戲，他怎麼跟妳說。」

向暖想想也對。

這時，林初宴的手機螢幕上方顯示有訊息，向暖眼尖，發現傳訊息的人頭像是忘卻的。她有點不甘心，問道：「忘卻跟你說什麼？」

林初宴點開訊息，發現是一則語音。

忘卻這個人打字速度慢，很少傳文字，都是語音。但是他們玩遊戲的時候，忘卻又不會開語音，因為手機記憶體太小了，開語音的話遊戲會卡。

林初宴把一邊耳機塞到向暖的耳朵裡，過程中他溫暖的指尖碰到了她的肌膚。

他壓下心裡那點異樣感，點開語音。

因此向暖聽到了忘卻的聲音。忘卻聲線渾厚，語氣帶著點靦腆：『初宴，你推薦的那個凍瘡膏很好用，謝了。』

林初宴在向暖驚訝的目光下回訊息給忘卻：不客氣。

忘卻：『你在幹什麼呢？』

林初宴：在自習室念書，明天要考試。

忘卻：『那你快念書吧，我要睡覺了。明天還有工作。』

林初宴：好。

向暖扯著林初宴的手臂，雖著急卻不敢大聲講話，於是憋得臉都有點紅了，問道：「你們是什麼時候勾搭上的？我怎麼不知道啊？」

林初宴笑著說：「妳這個眼神，像在抓姦。」最後兩個字換成用氣聲說，緩緩地吐出來。

向暖一陣彆扭。「喂……」

林初宴按住她的手背輕輕推一下她的手，並說道：「我覺得他這個人滿好的。」

向暖簡直無語了。不管是陳應虎還是忘卻，明明都是她先發現的，結果一個個都投向林初宴的懷抱，這像話嗎？

為了洩憤，向暖當著林初宴的面把他的微信備註改成了「交際花」。

林初宴還以顏色，把向暖的備註改成「小傻瓜」。

還有押韻……

向暖傻眼到了極點，最後兩人交涉一番，又都改掉了。

※　※　※

一過十二點，林初宴就睏了，連連打著呵欠。向暖給了他一罐咖啡，他拒絕了。

向暖以為他打算純用意志力克服睡魔，結果這傢伙倒好，往桌上一趴就睡過去了。

一點心理負擔都沒有。

雖然同樣不念書又成績不好，但這不妨礙向暖鄙視他。

身邊有人睡覺，那個氣氛特別催眠，就算原本不睏的人也會容易犯睏。向暖覺得自己有點撐不住。不行，一定要找點刺激的事情做。

她想到一個好主意，好刺激好刺激，不小心就笑出聲了。

沈則木瞥了她一眼。

向暖從筆袋裡拿出幾枝彩色螢光筆以及一枝黑色記號筆，把林初宴的臉當畫板，放開手使勁地塗，一邊塗還一邊笑。

沈則木搖了搖頭，目光充滿了對智障的關懷。

說實話，他現在有點懷疑自己的審美觀。

向暖畫了一會兒，用手機換著角度拍了幾張照片，感覺神清氣爽。

林初宴睡了一個多小時，睡得有點累，迷迷糊糊就醒了。

他看到向暖正在睡覺，她身上披著兩件衣服，一件是她自己的，一件是沈則木的。

林初宴面不改色地把沈則木的衣服拿過來，穿在自己身上，然後把自己的大衣蓋在向暖身上。

沈則木目瞪口呆：「……」要不要臉？

「我特別想穿學長的衣服。」頂著一臉鬼畫符的林初宴如是說。

夜深人靜的時候，人的自制力會下降。沈則木被逼得大罵：「滾。」

但他要顧及面子，不好意思直接去扒林初宴的衣服。

於是林初宴就這麼大搖大擺地穿著沈則木的衣服去洗手間了。

深夜的洗手間是鬼故事的多發地。男生洗手間裡本來有一位同學正在上廁所，聽到外面有動靜，他一回頭，迎著慘白的燈光，看到一臉鬼畫符的林初宴走進來。

「啊！！！」同學慘叫，直接尿到牆上。

他嚇成這樣，把林初宴弄得莫名其妙。「我是鬼嗎？」

「是、是！」

林初宴：「……」

林初宴感覺到一絲不對勁，跑到外面的鏡子前，看到自己現在的這副尊容。他謎著眼咬牙說：「向、暖。」

※　※　※

向暖正睡得香甜，耳邊突然出現聲音吵得她不得安寧。

她悠悠醒來，聽到那吵她的聲音是：『林初宴我老公，林初宴我老公！哈哈哈哈……林初宴我老公，林初宴我老公！哈哈哈哈……』

向暖立刻火大了。

她倏地坐起身，盯著旁邊的林初宴。

『林初宴我老公，林初宴我老公！哈哈哈哈……林初宴我老公，林初宴我老公！哈哈哈哈哈……』還在響。

向暖拿下耳機甩掉。

林初宴慢悠悠地收起耳機，笑咪咪地看著她。

向暖深吸一口氣，不停地勸自己：冷靜、冷靜，這裡是自習室，不能打人……打人是犯法的……

她深呼吸了好幾次，瞪著林初宴低聲說：「這個哏你到底要玩多久啊？」

林初宴往她這邊探了探身子，一條手臂悠閒地搭在她身後的課桌沿上。他歪著頭看向暖，瞇起眼睛壓低聲音說：「我要玩——一輩子。」

向暖聽到他這句話是咬牙切齒地說出來的。

她忽然想起什麼，定睛一看，發現他的臉已經洗乾淨了。漢奸頭的髮梢還有點濕，顯然是剛洗臉沒多久。

難怪那麼生氣。

向暖一陣心虛，仰頭望著天花板，然後默默地朝沈則木那邊挪了一個座位。

沈則木書也不看了，只管看戲。

向暖往他身邊挪時，林初宴朝她勾手指，張口無聲地說：過來。

偏不要。

林初宴笑咪咪地舉了舉手裡的白色耳機：過來。

向暖翻著白眼挪回去。

「你到底要怎樣啦？」她小聲說。

「讓我畫回來。」林初宴從她的筆袋裡拿出一隻記號筆，起身命令她：「出來。」

向暖垂頭喪氣，像一隻打敗仗的小老鷹跟在他身後出去了。

林初宴把向暖帶到了電梯間。他讓她靠在牆邊，她就像個被罰站的小學生靠著牆，安分又老實。一臉用力過猛的乖巧企圖透過自己盡顯誠意的配合，降低林初宴對她的仇恨值。

「頭抬起來。」林初宴說了。聲音在空曠安靜的電梯間迴盪，顯得有些突兀。

向暖於是仰起頭。電梯間的燈光是白色的，林初宴背對著光，向暖看不清他的神情。

而她的一舉一動全在他眼裡。

向暖的膚色本來就白，現在在白色的燈光照射下顯得有些蒼白脆弱。她瞪著眼睛，黑亮的眼珠子盯著林初宴，和他對視。

她的目光直接且坦蕩，也許並無深意，可是看在林初宴眼裡彷佛全是深意。

林初宴的心跳快了幾拍。

向暖一咬牙一閉眼，一臉視死如歸的樣子。「來吧。」

林初宴單手捧著她的臉。他的手掌托著她的下巴，拇指壓在她的唇畔。「別動。」

他的掌心很燙，兩人肌膚相觸，向暖的臉彷佛也被燙到了，一陣熱。

她覺得這個姿勢不太好，搞得好像要接吻一樣。

「你快點。」她催促林初宴，聲音微微發抖。

她閉著眼睛，所以沒有看到，林初宴握著記號筆的手一直垂著。

他只是捧著她的臉看著她，目光有些著迷。

這樣看了一會兒，他像是被蠱惑一般緩緩地低下頭。

林初宴的心臟快跳出喉嚨了，心房宛如擂鼓一般歡快而瘋狂。

就在這時，一道清冷的聲音突然響起：「你們在幹什麼？」

第四十一章

林初宴聽到人聲，立刻放開向暖，往後退了一步。

向暖睜開眼睛。

兩人都嚇了一跳，循聲望去，發現說話的是沈則木。他站在走廊上雙臂抱在胸前，眉目疏淡，神情冷漠地盯著他們。

彷彿是個訓導主任。

他的目光太犀利了，向暖沒來由地一陣心虛，頓時覺得壓力好大。她縮了縮身體，兩手揣在口袋裡，低下頭。

林初宴瞥了她一眼。看那膽小的樣子，說她是地主家的傻兒子一點也沒冤枉她。

沈則木說：「不想被當就回去看書。」

向暖突然想起她是來做什麼的了。

於是趕緊回去。

她戰戰兢兢地往教室走，經過沈則木時發現他沒穿大衣，白襯衫外面套著一件鐵灰色的羊毛衫。雖然很顯瘦很帥氣，但穿成這樣站在吹著涼風的走廊上……是來練氣功的嗎？

「學長你不冷嗎？」向暖關懷地問道。

冷，當然冷。

可是他的衣服被林初宴穿走了。

要他穿林初宴的衣服？呵呵，不如一刀抹了他的脖子。

回到教室，向暖剛要坐下，沈則木就突然指了指林初宴的位置說：「妳坐那裡。」

「喔。」

林初宴原先的位置在邊邊，挨著走道。向暖坐過去後，沈則木坐到她身邊。林初宴慢了一步，走過來時發現留給他的位置只剩原本沈則木的座位了。

這樣一調換，沈則木坐在向暖和林初宴中間，把他們倆隔開了。

向暖覺得這樣安排也好。要是坐在林初宴旁邊，她會一直被他影響，念書效率大打折扣。

這一晚總算回歸平靜了。

向暖犯睏的時候，沈則木就把手機給她，讓她玩一局王者榮耀。向暖必須承認的是玩遊戲比喝咖啡更能提神，從這個角度來看，這遊戲還滿正面的。

※ ※ ※

考完高數，向暖感覺身體被掏空，決定先回寢室補個眠，睡到昏天暗地。

閔離離走在她身邊，邊走邊看手機。走著走著差點撞到路邊的小樹叢，向暖拉了她一把。

閔離離突然想起一件事。「暖暖妳知道嗎？教學大樓昨晚鬧鬼了！」

「唔……等等，哪裡？」

「教學大樓。別懷疑，就是妳昨晚自習的地方，七樓的洗手間。我其實早就想跟妳說了，但是怕嚇到妳，影響妳考試。」

七樓都是通宵自習室，也就是向暖去念書的地方。

向暖心裡毛毛的，用力搖頭說：「肯定是假的，妳小說看太多了。」

「真的真的，妳知道為什麼會是七樓嗎？因為七是至陰的數字，九是至陽的數字，所以鬧鬼的樓層一般就是七樓、十七樓、二十七樓之類的。喔，對了，還有，妳知道為什麼鬼喜歡出現在洗手間嗎？」

「為什麼啊？」

「因為洗手間是世界上陰氣最重的地方。」

向暖起了一身雞皮疙瘩。「假的假的假的！」

「是真的，有人親眼所見，他還自曝身分了呢，是土木系大二生。他說那個鬼還一直問他自己是不是鬼，看起來很需要認同感……妳不信就自己去論壇看，熱門文章第一。」

向暖其實滿害怕的，但又控制不住犯賤的手，點開了論壇。

論壇熱門文章第一並不是什麼鬧鬼見聞，而是……

【標題】昨天晚上有人在教學大樓七〇二自習嗎？哈哈哈哈，我終於看到傳說中正三角形的三角戀了！

發文者：糖鐵蛋。

內容：（圖片）（圖片）我離得比較遠，也不敢老是回頭看，所以照片比較模糊，大家就湊合著看。亮點自尋。

推文很多，可熱鬧了。

——我也在，我沒拍照。我好想坐過去但又不敢。沈則木氣場太嚇人。TAT

——佩服向暖學妹的定力，有兩個這樣的帥哥坐我旁邊，我絕對讀不下去。

——我們暖女神自己就正翻天，還會為別人的長相傾倒嗎？笑話。

——舉手，報告老師，我找到亮點了……一開始向暖坐中間，後來沈則木坐中間，他們之間發生了什麼？

——沒人注意到衣服的變化嗎？林初宴穿了沈則木的衣服。他們倆衣服顏色一樣但款式不同，仔細看。

——哇靠哇靠，樓上好眼力，是真的！

——穿錯衣服了？這是穿上褲子之後才有的劇情吧？他們倆幹了什麼？我的天，我不能幻想下去了……

——不能幻想了……心疼我暖女神。

——明明是向暖左擁右抱好嗎？沈則木教她功課，林初宴和她交頭接耳親熱得要命。沒錯，這裡也是現場的一分子。我都要考試了還有心思看論壇，真是傻眼。

——昨晚到底有多少人在現場？？

——我好後悔，我為什麼聽課要那麼認真，為什麼不期末去通宵？那樣我就能看到百年一遇的正三角形的三角戀了。

——我沒去現場，不過我今天在學校餐廳看到向暖和林初宴一起吃飯，林初宴還幫向暖剝了雞蛋。林初宴笑得可寵溺了！嗚！我和死黨看得都不想走了！如果林初宴幫我剝雞蛋，我願意陪他睡覺。

——樓上醒醒，林初宴還缺陪睡的嗎？沈則木都被他撲倒了，OK？

——放圖（圖片）（圖片）（圖片），圖裡的ID，「初神」就是林初宴，「澤木」是沈則木。昨天夜裡兩人屢次雙排，在向暖沉迷於念書無法自拔的時候。

——樓上爆的料好有用！哈哈哈哈，我又要心疼向暖了……

——現在心疼還太早。據我所知，沈則木玩打野的韓信趙雲比較多，但是你們看，他和林初宴雙排玩什麼？貂蟬？大喬？蔡文姬？很明顯是個妹子在玩。我大膽猜測，用沈則木的帳號和林初宴雙排的是向暖。

——福爾摩斯現世……

——有道理、有道理。所以誰能告訴我，老子該怎麼站CP？？我現在很迷茫，比孤獨無助地坐在偏微分方程的考場裡更加迷茫。

——別站CP了，站3P吧，哈哈哈哈！

推文還在增加。有些人要趕赴考場，暫時撤退；有些人正好從考場出來，於是加入討論大軍。向暖發現這些人的腦洞比黑洞大，猜來猜去都快編出一本小說了。

她好尷尬。

比她更尷尬的是沈則木。

向暖只是被人猜測到底喜歡哪個男生，性向至少是牢固的。反觀沈則木，一會兒直一會兒彎。如果是跟一般男生傳緋聞，沈則木頂多就當沒看到，可是跟林初宴這種人傳緋聞……不好意思，忍不了。

於是他果斷地投訴刪文。

沸沸揚揚的八卦就此告一段落，同學們又投入火熱的複習當中。

向暖後來看了那個鬧鬼的文章就好害怕，晚上不敢去教學大樓了，於是在圖書館自習。好在剩下的幾場考試都不會太難，白天好好念書也能應付過來。

考完試就迎來最振奮人心的時刻：放假啦！

彷彿野豬放歸山林，不用說向暖有多自在了。回家先把王者榮耀安裝回來，玩了一整天。因為心態比較像在玩鬧，所以輸比贏多。

「對不起，我不會再亂玩了。」向暖覺得自己扯了隊友的後腿。

『沒事。』林初宴說：『收件資訊給我一下。』

「要幹嘛啊？」

『新年禮物。』

林初宴說完這四個字，發現身旁的鄭東凱在瞄他。

鄭東凱今天跑來他家做客，這時他問林初宴：「初宴，你怎麼不送我新年禮物？」

林初宴挑眉看著他說：「你需要？」

鄭東凱從他的目光看出了標準答案，於是腦袋搖得像波浪鼓。「不不不，我不需要。」

※　※　※

向暖發現林初宴好喜歡送禮物。她都沒認真送過他禮物，但是要送他什麼呢？送個皮膚？不好，太便宜了。

林初宴有什麼愛好？

向暖想了一下，能確定的好像只有一個——林初宴喜歡喝茶。

就算去咖啡廳，他也很少喝咖啡，都是喝茶。

向暖跑去翻向大英同志的茶櫃，找到一盒包裝最漂亮的茶葉。「爸爸，借我一盒茶。」

向大英正在修剪一盆金桔樹，他從小燈籠般的金桔前抬起頭，疑惑地看著女兒問：「幹什麼？妳要喝啊？」

「不是，要送人。」

「要送人別拿那個，那個不好喝。」向大英挺起腰放下剪刀，洗完手才走過來，從櫃子裡拿出了另外一盒說：「這是我學生送的，他們自己家採製的白茶，市面上買不到……妳是要送老師嗎？」

「唔。」向暖支吾了一下，看著裝茶葉的盒子說：「這包裝不好看。」

「妳都已經是成年人了，不要老做買櫝還珠的事。」向大英藉機對她進行思想教育。他又找到另一個盒子，把茶葉分開。「我留一點，不能全給妳的老師。」

向暖出門去茶葉行買了一個沒貼任何商標的盒子，回家自己用貼紙裝飾了一番。素淨的淡藍色盒子外壁貼了幾片白色雪花，雪花有大有小，錯落有致。盒蓋正中央也貼了一個雪花的形狀。

這樣一看就非常清新了。

她把茶葉寄給林初宴的第二天，也收到了他的禮物。

好大一個紙箱，比冰箱大，向暖簽收的時候都呆成了羊駝。

這什麼鬼，他不會是送一間流動廁所吧？有必要嗎？
超大型的快遞包裹驚動了爸媽，向大英夫婦也過來圍觀。
向大英用剪刀拆開包裹，任丹妍看到裡面東西的全貌後覺得有些奇怪，就問向暖：「這是魚吧？」
向暖在笑。「這是鯤。」
莊周的鯤。
她一開始參加校內競賽就是為了這個東西，她自己都快忘了，沒想到林初宴還記得。
向暖把那隻巨無霸的鯤拖進自己房間，坐在上面打電話給林初宴。
「喂，林初宴，我收到禮物了，謝謝你。我……很喜歡。」
林初宴「嗯」了一聲說：『妳可以幫它取個名字。』
「喔，那就叫初宴好了，哈哈。」
『不錯，妳以後玩莊周，就是騎著初宴去戰鬥。』
向暖：「……」
林初宴笑出聲說了：『妳這流氓。』
向暖覺得自己剛才真的是腦子有問題才會感動。

※　※　※

林初宴收到向暖的禮物後，一整天都吊著嘴角。

林雪原回家吃飯，看到兒子這樣，簡直像是一名剛獲准出院的精神病患者。林雪原朝林初宴努了一下嘴，悄聲問越盈盈：「他怎麼了？」

越盈盈長得嬌小玲瓏、溫婉秀氣，保養得很好，外表看不出有四十多歲。她笑著偷偷對丈夫說：「你說，初宴會不會真的戀愛了？」

「問問看不就知道了。」林雪原說著提高聲音。「喂，小子。」

「嗯？」

「你是不是交女朋友了？」

林初宴本來滿開心的，可是爸爸這一句話讓他聽得難過了。他低頭回答：「沒有。」

吃過晚飯，林初宴回自己房間，和向暖連麥打遊戲。

向暖傳了一個新聞頁面給他，是關於王者榮耀冬季大學聯賽。

冬季大學聯賽在寒假舉辦，只要是在校大學生就能報名參加。以隊伍為單位報名，每個隊伍裡的五個人必須來自同一所學校。

『我們要不要試試看呢？』向暖問了。『省級冠軍獎金有一萬元人民幣呢，大區冠軍有兩萬人民幣，全國冠軍有五萬人民幣，加在一起就是八萬人民幣！林初宴，我們要發財啦！』

林初宴低頭笑了笑。明知道她沒別的意思，可是他從「我們」兩個字裡蠻不講理地聽出了一點纏綿的味道。他回答：「好，反正也沒事可做。」

當晚，林初宴就聯繫了時光戰隊的其他隊員。鄭東凱一聽有獎金可分，很高興，但其他兩人就有點麻煩了。毛毛球去國外探親，在國外玩這個遊戲網速太慢，而且又有時差；大雨家裡開餐廳，過年這段時間特別忙，他要幫家裡做事情。

第二天，林初宴把他們面臨的現實難題跟向暖說了。

向暖想了一會兒後說：「那我問問別人。」

林初宴知道她說的「別人」是指誰。他既不想要沈則木加入，又希望沈則木加入。因為想要她贏。

林初宴糾結了一天，晚上得到向暖的「好消息」——沈則木和歪歪都答應加入他們的時光戰隊，這樣一湊剛好是五個人。

『我們要組一支最強戰隊了。』向暖說這話時很興奮。

這一刻，林初宴覺得也許他的情敵並不姓沈，而是姓王。

向暖說他們是「最強戰隊」倒也不誇張，因為本來就是校內聯賽第一和第二的隊伍，在南山大學確實是最強無疑。

大學聯賽的主要賽事在年後，年前是校內選拔賽——每個學校報名的多支隊伍進行單敗淘汰賽，最後只剩下一組獲勝者，年後參加省級聯賽。如果在省級聯賽名次好，就可以繼續打大區賽、全國賽。

「如果最後我們拿到了所有冠軍，每個人可以分到一萬六千塊人民幣。你們拿到錢想買什麼啊？」向暖問幾個夥伴。

她已經開始構想比賽獎金要怎麼花了。

現在新的戰隊成員聚在一個討論群組，鄭東凱聽向暖這樣問，就開玩笑說：『我想買個女朋友。』

歪歪說：『你現在就能買，淘寶兩百塊人民幣免運。』

『閉嘴。』有向暖在時，林初宴不能容忍他們亂開玩笑。

這時，沈則木提出一個很現實的問題：『我們有兩個打野，兩個輔助。』

如果按照現在這樣的陣容打比賽，別說什麼獎金了，能從校內淘汰賽突破重圍都算奇蹟。

向暖問歪歪：「歪歪學長，我只會玩輔助，你能玩別的嗎？」

『那我玩上單吧。我楊戩用得還可以，老夫子也行。』

好，輔助重複的問題解決了，剩下的是打野重複。

沒等鄭東凱開口，沈則木就說：『我用射手吧。』

一般來說，射手和輔助是綁定的。輔助最主要的任務就是保護射手，所以向暖要圍著沈則木轉了。

林初宴沒來由地受到刺激，不理智地說：『我用射手。』

「林初宴你別搗亂。」向暖說了。

五個人當中只有林初宴是專門玩法師的，他的位置不可以變動。

於是陣容就這麼愉快地決定了，然後他們組隊去五排。林初宴心情不佳，在遊戲裡洩憤，拿了安琪拉，專門躲在草叢陰人。

很多擁有爆炸傷害的法師都需要一定時間成長，比如妲己、小喬、貂蟬。但安琪拉不是，安琪拉只要一到四級就擁有迅速殺人的實力。

五人排位的王者局裡沒有一個是菜的，除非遇上那種專門的掉分車隊。

在這樣的局裡安琪拉很少出現，但偏偏今天出現了，還接連蹲死了對面兩個人。

林初宴並不常用安琪拉，向暖知道這一點，所以她也說不清楚他是運氣好還是預判準了。

反正對手被安琪拉連收兩個人頭，感覺不太好，後來就一直針對安琪拉。

安琪拉真是太好針對了……

「保護我。」林初宴小聲說。

向暖扔下沈則木，往林初宴這邊跑。她用自己雄偉的身軀保護了弱小的安琪拉。

「別怕！」向暖說。

「嗯。」林初宴的聲音帶著點笑意。

向暖「嘿嘿」地笑，她自己都不知道自己在笑什麼。

沈則木輕輕「哼」了一聲。

※ ※ ※

向暖不逛街，也不和同學聚會，成天宅在家裡打遊戲。她最近打遊戲的時候喜歡坐在林初宴送給她的那隻大鯤上，還要像莊周一樣盤腿坐，彷彿在修仙。

任丹妍有時候看到她盤腿坐在一條大魚上，兩眼放光地喊打喊殺……簡直無法直視。大學不是象牙塔嗎？怎麼變成了大染缸？寶貝女兒才上了半年的大學就變成這樣了……之後還有三年半，可不敢想了……

任丹妍忍無可忍，強制把向暖拖出去逛街，買衣服包包、弄頭髮。這麼漂亮的女兒，就該好好打扮。

向暖在美髮師的建議下，燙了大波浪捲。燙完頭髮，她覺得還不錯，嫵媚動人。

她對著鏡子把髮型拍下來，傳給林初宴。

向暖：（圖片）

向暖：好看嗎？

林初宴：好看。像海帶成精。

向暖壞了心情。她在鏡子前摸著頭髮，看了好半天，最後生氣地說：「哪裡像海帶成精了啊？」

美髮師感覺自己受到了羞辱。

任丹妍做了保養，很高興，兩人從美髮店出來。任丹妍帶向暖去買衣服，見女兒嘟著嘴，好像不太高興。她摸了摸向暖的頭說：「滿好看的啊，怎麼了？」

向暖哼唧一聲，正在苦思冥想該怎麼去羞辱林初宴。這時，閔離離傳了訊息給她。

閔離離：暖傻，我跟妳說，我剛吃了五個燒餅！哇靠，撐死我了，哈哈哈哈！

向暖突然愣住了。

不是因為閔離離吃了五個燒餅，而是……

為什麼她剛才燙了頭髮並沒有傳給閔離離看，也沒有傳給別人，而是第一時間就傳給林初宴呢？

任丹妍看到女兒盯著手機發呆，就氣得推了一把向暖的腦袋說：「妳以後是打算嫁給手機嗎？」

向暖揉著頭，小聲嘀咕：「沒有啊……」

「妳今天別想給我玩手機了。」任丹妍說著，把向暖的手機沒收了。

向暖不能接受就裝可憐說：「媽，我已經成年了……」

任丹妍不為所動，把手機放到包包裡，說什麼都不拿出來。她帶著向暖去逛街試衣服，不停地買。

向暖一試衣服就把手機的事忘了，母女兩人買得不亦樂乎。不只買了衣服，任丹妍還幫向暖添了一些化妝品。

向暖剛上大學時確實有一段時間沉迷於化妝，後來她沉迷了王者榮耀，就沒有然後了。

任丹妍本來覺得女兒漂亮又年輕，不需要化妝，現在向暖真的都不化妝了，當媽的心裡又不舒服了，非要買給她。

買了半天東西，她們準備打道回府的時候已經是晚飯時間。向暖在購物廣場的一樓看到有人在辦活動，臨時搭建的舞臺背景牆上是巨幅海報，海報的內容是王者榮耀。

咦咦咦？

她眼睛瞬間亮了。

向暖拉著媽媽擠過去看熱鬧。任丹妍根本搞不清楚狀況，以為是什麼促銷，結果走近時看到幾個女孩穿得奇奇怪怪的，戴著顏色各異的假髮。

到底在賣什麼啊……任丹妍有點迷茫了。

那些在任丹妍眼裡打扮奇怪的人其實是幾個Coser，Cos的都是王者榮耀裡的人物。

向暖走到一個「王昭君」身邊問是怎麼回事，「王昭君」就解釋給她聽。

原來是購物廣場自己辦了王者榮耀比賽，只要憑本廣場的會員卡就可以報名參賽，沒有會員卡的可以去服務臺那裡辦。

今天舉行的是SOLO賽，購物廣場邀請了八位高手坐鎮。只要連續打敗八位高手，就能獲得價值兩百元人民幣的購物卡。

「媽媽，我也想參加。」向暖扯著任丹妍的衣服撒嬌。

任丹妍感覺這個世界沒救了，怎麼到處都是玩遊戲，無孔不入。不過剛才向暖逛街時很配合，現在任丹妍決定獎勵她，便把手機還給她說：「去吧，快點。」

向暖開著貂蟬，連續打敗了七位「高手」，在第八位那裡翻車了。她覺得前七位高手有點弱，不過第八位滿強的。兩人都用貂蟬，明明是同樣操作，但是人家的錢就是比她多，經濟比她好。

她知道為什麼——這位高手補兵補得好。在遊戲裡，如果小兵的最後一擊是由英雄完成，那麼這個英雄就能獲得更多金錢。所以打兵的時候盡量要保證這兵是由玩家打死的，而非死於防禦塔或己方小兵的刀光劍影裡。

這不是多難的技巧，但需要勤加練習才能做好。向暖一個玩輔助的，在遊戲裡多分一些經驗金錢都像是罪過，所以她補兵的機會很少，這方面水準一般。

輸在最後一關，向暖有點遺憾。

第八位高手安慰她：「妹子妳打得很好了，加個好友以後一起玩。」

「好喔。」

加完好友，「王昭君」走過來給了她一份「精美紀念品」。是一個珠寶店送的玉石手鏈，綠色的玉石由一條紅色細繩串著，從包裝到做工都彷彿產自義烏小商品批發市場。

這算是安慰獎吧。

「王昭君」說：「下星期有組隊賽，可以提前報名，冠軍獎金有一萬塊人民幣喔。妳要不要試試看？」

向暖有點遺憾。「唉，可是我沒有隊伍，只有一個人。」

「這樣啊，那滿可惜的。妳再找找吧。」

「唔。」

兩人走出購物廣場，任丹妍把那玉石手鏈放在掌心看了看，一臉嫌棄地說：「這是塑膠的吧？」

「好歹是贏來的，媽媽妳不為我驕傲嗎？」

「我的小乖乖，妳玩了一個小時贏來一塊塑膠，媽媽為妳驕傲。」

向暖：TAT 真的是親媽嗎……

※　※　※

向暖他們幾個為這次比賽建了群組，名稱是「為了發財向前衝」。群組常駐五個人，但是今天晚上向暖驚悚地發現人數是六個了。

她查看名單，發現多出來的是一個叫「楊小爺」的，頭像是一隻大臉貓瞇著眼叼菸。

怎麼看都不像正經人耶……

這是什麼情況啊？

彷彿聽到了她的心聲，「楊小爺」突然說話了。

楊小爺：怎麼沒人歡迎我？

向暖心想不管認不認識，先歡迎一下再說，於是在群組開口：歡迎歡迎，熱烈歡迎～～

沈則木：妳先把群組名片改一下。

三秒鐘後。

楊大爺：可以了。

沈則木：……

沈則木：改成自己的名字。

又過了三秒鐘。

楊茵：可以了吧？真囉嗦。

向暖越來越好奇了，這個神祕人物到底是從哪裡跑過來的？而且看這名字，楊茵，應該是女生吧？女生的話，怎麼又是楊小爺、楊大爺？

好混亂啊……

幸好沈則木沒讓她混亂太久。他說：我介紹一下，這是楊茵，一位遊戲教練，這段時間剛好有空，可以過來幫我們忙。

大學聯賽越往上打越是高手如雲，想奪冠總要多做點準備。以沈則木的性格，當然是把握越大越好。正好，陳應虎來沈則木家玩，沈則木就拜託陳應虎找一個教練。

陳應虎拍胸口保證這位教練水準很高。

但現在沈則木覺得這個楊茵有點不正經……

向暖看到沈則木的介紹，立刻肅然起敬：楊教練好！我是我們隊的輔助，妳可以叫我向暖或暖暖。

楊茵：暖暖妳好，不用那麼客氣，你們叫我茵姊姊就好啦。(＞－＜)V

向暖：喔喔，妳多大啊？

楊茵：二十一。

向暖：那我是該叫妳姊姊。我過完年就十九歲了。不過茵姊姊妳二十一歲就能當教練啦？好厲害啊！

楊茵：我十六歲就出來打職業了～～

向暖：哇！

沈則木看著她們的聊天紀錄，心想難怪這個楊茵可以和他那表弟玩在一塊，都是不上學光想著打遊戲的傢伙……向暖這崇拜的語氣是什麼意思，輟學打遊戲很光榮嗎？

※　※　※

林初宴家裡有客人來，他像個吉祥物一樣被爸爸抓去和客人說話。客人對他好一番讚美，胡亂誇獎，林初宴聽了覺得有點尷尬。

林雪原總算放他走了。林初宴終於回到手機身邊，看到向暖他們正在聊天。

楊茵這個人，林初宴聽陳應虎提過。十六歲輟學打職業電競，之前打的一直是別的遊戲，今年突然轉來王者榮耀當教練。剛找到工作沒多久就不小心把戰隊老闆的手打斷，就此丟了工作。

也是一段聞者傷心、聽者落淚的經歷了。

林初宴暫時沒發言，就看著楊茵在群組吹牛，講自己這些年在電競圈的經歷。向暖聽了一會兒，崇拜得不得了。

隔著螢幕，林初宴彷彿能看到向暖身後多出一條毛茸茸的尾巴在那裡搖啊搖。

他搖著頭無奈地笑了笑，加入聊天隊伍。

林初宴：教練好，我是林初宴，法師位。

楊茵：初宴你好，小老虎提過你，你是暖暖的男朋友吧？

向暖：不是。

沈則木：不是。

林初宴看著這整齊跳出來的兩則訊息，唇畔的笑容漸漸消失。

他刪掉輸入框裡已經打好的字，改成「虎哥開玩笑的」。

傳送。

向暖看到林初宴的訊息，突然醒悟：茵姊姊妳是虎哥介紹來的啊？

楊茵：對啊。

向暖：小老虎這個稱呼好可愛喔，哈哈哈哈！我也好想叫虎哥小老虎……

話題立刻轉到虎哥身上。剛才那個誤會只有林初宴一個人在意，在別人眼裡那只是偶然吹過的一道風，沒有痕跡，說散就散。

林初宴看著向暖最新的聊天訊息，笑了笑，又有點難過。

在她心裡，他到底占據了多少位置？比不上王者榮耀，比不上沈則木，是不是連虎哥也比不上，連忘卻也比不上，連這第一天認識的教練也比不上？

林初宴嘆息一聲，靠在床上看著他們聊天。

向暖：茵姊姊妳是哪裡人啊？

楊茵：我老家C省，不過我現在住在南山市。

向暖：好巧喔，我在南山上大學啊，我們幾個都是。林初宴他們家就在南山市。

向暖：林初宴，說句話。

林初宴：說什麼？

向暖：說什麼都行啊。對了，我今天看到一個好玩的事。

向暖：（圖片）（圖片）

向暖：我們這邊的購物廣場在辦活動，是王者榮耀比賽，冠軍有獎金一萬塊人民幣。好想參加。#星星眼#

林初宴：那就參加。

向暖：哈哈，不行，要組隊報名呢。你要幫我變出四個隊友啊？

林初宴：好。

第四十二章

林初宴想跟他爸爸借一輛車。

林雪原一聽，問道：「借車要幹嘛？」

「和同學出去玩。」

「行啊，可以。不過我醜話說在前，你要是擦撞到車子，就自己掏錢修。」

「不是有保險公司嗎？」

「我說你這是求人的語氣嗎？」

林初宴覺得他爸可能巴不得他開車發生擦撞，這樣他好不容易攢的一點錢就都賠進去了。

出於謹慎，他從爸爸的收藏裡選了一輛比較便宜的車。

※　※　※

林初宴、鄭東凱和歪歪三個人都是南山市本地人，加上楊茵，正好四人。一行人都無事可做，一聽說要去臨市賺外快，就欣然答應。

林初宴開車去預定的地點接他們三個。歪歪住得比較近，是最先到的。林初宴把車停在路邊，搖下車窗叫他。

歪歪有些意外。「哪來的保時捷啊？」

「借的。」

「嘖嘖，我怎麼就沒有這樣的暴發戶親戚。」歪歪一邊感慨著上了車。

林初宴說：「有或沒有，差別也不是很大。」

歪歪點頭。「那倒是。」

不一會兒，鄭東凱和楊茵陸續到了。三個男生都是第一次見到這位教練，此刻忍不住多打量了幾眼。楊茵個子中等，留著短髮，可能是因為宅太久不出門，皮膚很白，薄薄的單眼皮，笑的時候唇邊會有一個小梨窩……整體來說氣質很鄰家，像個乖乖女。

難以想像這樣一個女孩，會在十六歲時就有輟學打職業的魄力。

幾個人都到齊後，楊茵問林初宴：「我們開車要多久？」

「不到兩個小時。」林初宴說著開啟導航。

導航的目標是一個社區的名字。

「直接去向暖家嗎？」

「嗯。」

楊茵雖然沒大他們很多，但畢竟已經出來工作好幾年了，所以想得比較周全一些，問道：「那我們要不要帶點東西？向暖爸媽今天在嗎？」

「我後車箱裡有些水果，不用買別的了。」

「喔喔。」

林初宴至今還忘不了向暖的爸爸看他時的目光，審視當中帶著淡淡的仇視，彷彿在看待一個想偷他們家孩子的壞蛋。

林初宴不敢表現得太殷勤，過猶不及，所以只準備了一些新鮮水果。

※　※　※

向暖家是一間三層樓的連棟房屋，一進門是一個院子，院子裡種了花花草草，春夏秋時能看到。現在冬天都枯掉了，有一些花草向大英比較寶貝，就搬進室內過冬。

眼前院子裡唯一惹眼的是一個淺碧色的仿古闊口缸，夏天的時候缸裡會養荷花和魚，現在則是只有一個缸。向暖看電視上東北人冬天都用缸做酸菜，她有一次跟媽媽提了這樣的建議，反正閒置不用也浪費嘛……媽媽就說她是智障。

林初宴他們幾個提著水果跟著向暖走。歪歪神色誇張，對向暖說：「向暖，原來妳是白富美，家住大別墅。」

向暖哈哈一笑說：「這房子買得早，當時還比較便宜……而且也不算大。」

林初宴沒說話，低頭笑著聽他們聊天。

向大英夫婦熱情歡迎了女兒的「戰友」們，拿了好多吃的喝的。向暖說：「我們回來再吃。」說著招呼另外幾個人。「我們先走吧，快來不及了！」

「急什麼啊？」任丹妍不以為然。「妳讓初宴他們喝口熱水，大老遠的來找妳，屁股都還沒坐熱，妳這樣像話嗎？」

「回來再喝，我們該打仗了，走了走了！」

幾個夥伴離開後，任丹妍指著門口跟向大英抱怨：「你說，她這急性子是像誰？」

向大英一樂：「妳說呢？反正我不是急性子。」

任丹妍也不理他，拉開門就看到向暖正和楊茵手拉著手，一行人越走越遠了。任丹妍朝著向暖的背影喊：「暖暖，妳要不要圍圍巾啊？」

「不圍了！」向暖中氣十足地回了一句。聲調提高了，音色顯得脆甜，像秋天剛從樹上摘下來的鴨梨。

※　※　※

向暖對楊茵有一種發自內心的崇拜感，楊茵一見到向暖也喜歡。媽啊，這麼好看的女孩子誰不喜歡？誰？？

所以兩個人一見如故，相談甚歡。

林初宴落在後面，看著她們牽在一起的手。他……好嫉妒。

購物廣場的比賽有三十多組隊伍報名，按照規定進行三戰兩勝單敗淘汰。現場還有圍觀群眾的參與環節，像是猜冠軍之類的，弄得有模有樣。

向暖他們隊伍一出現就獲得了極高人氣，很多圍觀群眾把選票投給他們。選票是憑購物收據換的，數量有限。

向暖覺得開心又有點羞澀，摸著下巴一臉深沉地說：「看來我們渾身散發出來的王霸之氣太明顯了。」

歪歪不忍心提醒她，圍觀群眾主要是看臉。

幾人準備就緒，找到座位坐下。向暖挨著楊茵，她發現楊茵一坐下準備遊戲，整個人的氣質都變得不一樣了。楊茵外表看起來就是個鄰家小妹，現在氣場全開，又專注又迷人，像個女王。

「茵姊姊，妳有什麼要說的嗎？」向暖問了。

楊茵想了一下，說了兩個字：「躺好。」

向暖心想：好霸氣！

歪歪心想：好性感！

楊茵今天補的是沈則木的射手位，他們從上午打到傍晚，向暖真的產生了躺著贏的感覺。她的責任是保護射手，但楊茵的射手太穩了，總是能高效率地運營，總是知道自己什麼時候該出現在哪裡，團戰時總是能找到安全的站位，總是能把自己的傷害打到最大化……這樣的射手讓人操心不起來，向暖就把輔助玩成了廢物。

「茵姊姊妳怎麼打得這麼好？」向暖又崇拜又羨慕。

楊茵笑道：「我是專業的。」

「那些專業的人都像妳一樣厲害嗎？」

楊茵想了想，然後說：「說實話，大部分都比我厲害，我現在只是個教練。」

真是太可怕了……

在職業級水準的帶領下，向暖他們最後拔得頭籌，贏得了一萬塊人民幣的獎金。

向暖很激動，心情好到爆，幾乎要飛上天了。

如果有人給她兩千塊人民幣，她可能也就高興一下下，但現在這錢是靠他們自己的實力贏來的，感覺就完全不一樣了。拿著錢，她好想高喊一句：「老子天下第一！」

贏了比賽，一行人跑去聚餐。向暖作為地主，當然要請客啦。

晚飯吃烤肉，喝啤酒。因為林初宴要開車，不能喝，其他人都喝得有點多。

楊茵喝醉了，臉泛紅，拉著向暖的手吐槽：「我跟妳說，女孩玩電競，比男的難一萬倍。媽的……」

「可不是嗎？」向暖深有同感。「我贏比賽，別人說我是代打；問原因，人家說是因為我長得漂亮。這是什麼邏輯……」

「說妳代打算好的了，妳知道別人說我什麼嗎？」

「說妳什麼啊？」

「說我……」楊茵瞇著眼拍了拍桌子，聲音陡然提高。「說我主力的位置是睡上去的！哈哈哈，妳說搞不搞笑？」

向暖好生氣，用筷子敲盤子。「他們都是一群王八蛋！」

「對，一群王八蛋！我們喝酒！感情深，一口乾！」

「乾！」

林初宴拿著不銹鋼的夾子，夾了一些烤好的蘑菇和牛肉到向暖的碗裡。他說：「吃點東西，別光喝酒。」

歪歪拿著另一個夾子幫自己、鄭東凱和楊茵夾了一些吃的。然後歪歪和鄭東凱一邊喝酒一邊吐槽這個看臉的世界有多膚淺。

某種程度上，歪歪和鄭東凱非常有共同話題。他們都和風雲人物是好友，像是月亮旁邊的星星，如果放在別處也許還能有些亮眼，但是待在月亮旁邊，總會變得暗淡無光。

一桌人各有各的苦水要吐。林初宴也有苦水，但他吐不出來。

後來四個人都喝多了，林初宴把這些醉鬼扶上車。

鄭東凱他們三個坐後面，向暖坐在副駕駛座。

他把向暖放在座位上，她就老老實實地待著，因為喝得太多，眼神都有些迷茫。

林初宴上車關好車門。他見向暖傻乎乎地望著他，就笑了一聲。「呆子。」他說完拉下安全帶，幫她扣好。

他幫她扣安全帶時，兩人離得很近。向暖藉著車內的燈光看著眼前他那半明半暗的臉龐。

「你長得真好看。」向暖說了。

林初宴笑了，抬起眼皮望著她的眼睛。四目相對，林初宴低聲說：「謝謝，妳也是。」

他坐回去發動車子。

車子開出去一會兒，向暖突然喚他：「林初宴。」

聲音軟綿綿的。

他聽得心口就是一軟，回應：「嗯？」

「其實我挺想你的。」

林初宴突然急踩剎車。

向暖的身體劇烈晃動，不過有安全帶擋著還好。後面那三位就慘了，鄭東凱直接往前摔出去，半個身體卡在向暖和林初宴的座位中間，腦袋不自覺地就伸了過來。

林初宴默默地把他的腦袋按回去。

然後側臉看著向暖。

向暖歪著頭，垂著眼簾，不知道是醉還是醒。

林初宴揉了揉她的頭，柔軟的髮絲有些涼。他輕聲說：「我也是。」

向暖安坐著任由他摸頭，乖得不像話。

他真希望每天都能像這樣揉她的頭。

林初宴把後面那幾位安頓了一下，都幫他們繫上安全帶，然後再次開車上路。

他打開音樂，調低音量，接著低聲喚身旁的人：「向暖。」

「唔？」

「如果我和沈則木同時掉到水裡，妳會救誰？」

「你是誰啊？」

「我是林初宴……如果林初宴和沈則木同時掉進水裡，妳會救誰？只能救一個。」

向暖用食指撓著下巴，似乎在認真思考。思考了一會兒，她回答：「我會救林初宴吧。」

林初宴笑了，笑容緩緩地展開，滿心都是悸動和滿足。

過了一會兒，向暖突然又說：「可是我不會游泳啊。」

「我教妳啊。」

※　※　※

林初宴停好車，叫醒向暖。「向暖，醒醒，妳家到了。」

「唔。」她不願意醒。

「回家再睡。醒醒……向暖，我們的高地塔已經被敵人拆了，馬上就要拆到水晶了。妳快起來去清理兵線，一定要保護好水晶。」

「啊！」向暖果然驚醒，一下子坐直身體。

林初宴哭笑不得。

他幫向暖解開安全帶，然後下車，走到副駕駛那邊拉開門。外面風大又冷，他擔心向暖感冒就幫她整了整衣服，羽絨衣的拉鍊往上拉，帽子扣好，嚴嚴實實的。

就這樣還不放心，他又把自己的圍巾也幫她圍上，包得只露出一雙眼睛。

雖然喝多了，向暖還是能自己走路，只是走得不太穩，像個剛學步的小孩。林初宴拉著她的一隻手臂以防她跌倒。

夜色很安靜，天空湛藍，沒有星星。

林初宴把向暖送進家，任丹妍看到向暖喝成這樣，覺得很不像話。要說的話，她這個女兒什麼都好，就是愛喝兩杯，是個小酒鬼。但一個女孩子家在外面喝醉了，萬一遇到壞人把她賣了該怎麼辦？

當然，任丹妍的抱怨只在心裡，並沒有說出口，她怕初宴多想。

林快遞員成功把醉鬼送到家，圓滿完成任務。任丹妍要他坐下休息一會兒，他搖頭說：「阿姨，我得回去了，以後有時間再來看望您。」

「你們現在要開車回南山市嗎？」

「嗯。」

任丹妍皺了一下眉說：「現在都快十點了，你到家就十二點了吧？都這麼晚了，你們這一天肯定特別累……」

「阿姨放心，我開車很穩的。」

任丹妍搖搖頭說：「不行，我不放心。」

在她看來，林初宴就算再穩重，還是年輕人。更何況人是向暖邀來的，大老遠地讓人折騰過來，現在又讓人家開夜車回去？總感覺過意不去。

不能這樣欺負老實人啊。

於是任丹妍說：「你們明天再走吧，在這裡住一晚，我家有客房。」

「不用了，阿姨，太麻煩了。」

這時，向大英抱著小雪假裝路過，湊過來插嘴道：「我們家客房太亂了，不如讓他們住飯店吧？我來安排。」

任丹妍：「你閉嘴。」

向大英抱著小雪默默地飄走了，走之前還看了林初宴一眼，眼神充滿著警告。

林初宴感覺這位叔叔的警惕心太強了。他能對向暖做什麼呢？

任丹妍還在堅持，對林初宴笑了笑說：「聽我的，今晚就住下來吧。初宴，你把他們幾個都叫過來。」

他們幾個用叫的是叫不過來的……

等林初宴將剩下的三人一個個搬過來，任丹妍才突然醒悟自家女兒是多麼矜持。

至少向暖還能自己走路……

然後任丹妍又想：林初宴這孩子看起來滿瘦的，沒想到力氣還真大……

接著又想：四個人都喝醉了，他還能為了開車滴酒不沾，很難得。

※　※　※

向暖這一晚睡得很沉，天亮後突然開始作夢，夢的內容有點奇怪——她夢到沈則木掉進水裡淹死了……

然後向暖就被嚇醒了。

醒來之後，她解讀了一下那個夢的意思。如果從科學的角度來講，可能是因為最近看到了幾起因為溜冰掉進冰窟窿裡淹死的新聞；如果從玄學的角度來看，這夢境很可能暗示著什麼。

向暖內心一抖，拿起手機傳了訊息給沈則木：『學長，你最近不要去亂七八糟的地方溜冰，最好不要離河邊太近。』

沈則木回覆的內容是一個問號。

向暖解釋：我夢到你淹死了。/(T o T)/~

沈則木：……

過了片刻，沈則木回：謝謝。

感覺這兩個字說得好勉強。

向暖回了一句「不客氣」，接著退出微信，掃了一眼手機的新聞推送。接著她看到有一則新聞說昨天晚上在靈樨市通往南山市的高速公路上出了連環車禍，有十幾輛車撞在一起，死了好多人。

好慘啊……

等等，昨天晚上？靈樨通往南山？

向暖猛然一驚，頓時心都涼了。

她只記得昨晚喝酒了，後來呢？林初宴他們走了嗎？如果他們剛好在昨晚離開……不不不！！！

向暖腦子「轟」的一下不敢繼續想下去。她快崩潰了，掀開被子都顧不得穿鞋，光著腳噠噠地跑下樓，一邊跑還一邊喊：「媽！媽！出事了！！」急得聲調都變了，隱約還帶著哭腔。

媽媽的聲音從飯廳傳來：「怎麼了？」

向暖直接跑進飯廳，剛要說話就發現餐桌旁圍著坐了好多人。林初宴、鄭東凱、楊茵、歪歪……他們都在，此刻正面帶詫異地看著她。

她懸起的一顆心立刻落了下來，紅了眼睛看著他們說：「嚇死我了，我還以為……嗚嗚嗚……」

任丹妍說：「妳一大早發什麼神經……」說著也不看她，並轉過頭。「噹噹這蝦餃，小茵、初宴……你們都噹噹，這家的蝦餃很有名，要排隊才能買到。」

向暖剛才太激動，現在胸口還在起伏。她感覺有些口乾舌燥，就去倒水喝。

林初宴疑惑地看著她說：「地上不冷嗎？」

向暖這才發現自己沒穿鞋。

好尷尬。她趕緊去穿了拖鞋。

林初宴莞爾，低頭揚起嘴角。

向暖吃早飯時問她媽媽：「爸爸呢？」

「去參加什麼文藝界人士的座談會了。」

「噯，你們有看新聞嗎？」向暖把手機拿給大家看。「昨晚出車禍了。」

楊茵點點頭說：「我有聽說，好險好險。要不是住在妳家，我這條小命可能就在睡夢裡沒了。」

林初宴說：「幸好昨晚阿姨堅持沒讓我們走。」

任丹妍笑道：「你們啊，是吉人自有天相。」

吃過早飯，任丹妍讓向暖帶著林初宴他們在靈樨市玩一玩。來都來了，總要逛逛，可以明天再回去。

向暖帶他們去了靈樨山。

靈樨山海拔只有幾百米，是好小的一座山。夏天濃蔭蔽日，還有些看頭，但現在是冬天，又沒下雪，所以不好看。不過山腳的靈樨寺據說很靈驗，香火鼎盛，現在快過年就更好了。

向暖他們燒完香，租了三輛自行車，兩輛雙人的，一輛小黃車。

林初宴看到向暖對著自行車皺眉頭，緊張兮兮的，讓他有些意外。「妳不會騎？」

向暖還有點傲嬌地說：「很奇怪嗎？好多人都不會騎。」

「不奇怪，我跟妳騎一輛。」

「那好吧，我坐在後面。」

「妳坐前面。」

向暖一臉視死如歸的樣子。她嘟著嘴，白皙的臉蛋鼓起來，眼神可憐巴巴的。

林初宴心想：怎麼會有這麼可愛的人。

兩人騎上雙人自行車，林初宴坐在後面耐心地指導向暖。向暖掌握不好平衡，車頭歪歪扭扭的，像自行車裡的醉鬼。

「我要怎樣做，妳才會不緊張？」林初宴在她身後問：「唱歌給妳聽？」

「不不不，你一唱歌我就更沒心思騎車了……」

林初宴悶笑。山風吹下來其實有些冷，但他心裡有一團小火苗燒著，驅散一切寒意。

向暖笨拙的初體驗並沒有帶來她擔憂的摔倒事件，因為林初宴的兩條長腿自帶支架功能。她感覺到自行車即將失控時，他總是能第一時間放下腿，踏實地踩在地面，不用一會兒，車就能穩穩地停下。

向暖說：「腿長真好，羨慕。」

林初宴笑著說：「不要羨慕，我的借妳玩。」

「……」她想到了一些比較血腥的畫面。

林初宴的長腿讓向暖非常有安全感，於是她放膽騎，反倒越騎越穩了。騎了一會兒，向暖聽到身後的林初宴低聲喚她：「向暖。」

「唔？」

「今天早上那麼慌張，是在擔心我吧？」

向暖心口一跳，幾乎不經思考地脫口回答：「我是擔心茵姊姊，你不要自作多情。」

「喔。」

過一會兒，他又喚她：「向暖。」

「嗯？」

林初宴用一種譴責的語氣說：「沒良心。」

向暖：-_-#

林初宴：「壞蛋。」

向暖：「……」

求問，林初宴突然發病了但身上沒帶藥怎麼辦？在線等，很急……

※ ※ ※

林初宴把去靈櫸山遊玩的照片發到朋友圈，配上了兩個字：今天。

發完就厚顏無恥地要向暖幫他點讚。

向暖把她昨天比賽分到的兩千塊人民幣鋪在桌上，拍了張照片發朋友圈，配文：昨天。

發完也要林初宴點讚。

姚嘉木把林初宴的朋友圈截圖，傳給沈則木。

沈則木：謝謝，不用了，我自己能看到。

姚嘉木：我知道，我想讓你再看一遍。

沈則木：……

姚嘉木：林初宴去找向暖玩了，搞不好還住在她家喔。怎麼樣，你是不是心痛到無法呼吸了？哈！

沈則木：不至於。

姚嘉木：我怎麼覺得你也不是很喜歡她？

沈則木：我更不喜歡妳。

回完訊息，沈則木放下手機並且冷笑。呵，不就是互相傷害嗎？誰不會？

姚嘉木沒再說話，沈則木猜她把他拉黑了。

他現在也很想拉黑一個人，手指點在那個人的名字上，猶豫了半天，最後心想：以林初宴的無恥程度，如果真的把他拉黑了，這傢伙肯定會去找向暖告狀。

有點後悔當初為什麼要加這個人的微信，現在甩都甩不掉。

沈則木正這麼想時，林初宴突然傳了訊息給他。

林初宴：學長，在嗎？

沈則木：？

林初宴：能不能幫我的朋友圈點個讚？

每當沈則木覺得林初宴的下限已經觸底時，這傢伙就會跑到他面前來刷新下限。

「表哥，你臉色怎麼這麼難看？」陳應虎此刻就站在沈則木旁邊。

「沒事。」

「是不是不想和我看電影？」

「嗯。」

陳應虎沒想到表哥承認得這麼快，他感到很受傷。「你以為我想跟你看嗎？要不是可哥有急事回老家了，我現在應該是在和妹子看電影！」

沈則木心想：誰不想和妹子一起看電影？

可惜兩人現在都沒有妹子陪，只能先這樣湊合了。

電影有些無聊，整個過程唯一能讓人提起點精神的事情發生在戲外——陳應虎進場前買了桶爆米花，放在他和沈則木座位中間的凹槽，可是他電影看得太投入忘我，手摸錯了地方，把鄰座那個人的爆米花都吃了。

鄰座是個國中生，很生氣卻又不敢作聲，怕被這個黃毛大哥打。

沈則木聽著身邊陳應虎喀喀喀地吃半天，結果低頭一看，爆米花一點也沒變少。

藉著銀幕的亮光，他看到陳應虎鄰座那個國中生委屈得眼眶泛淚。

沈則木突然明白為什麼陳應虎能和林初宴成為好朋友了，因為他們都是——智、障。

※　※　※

林初宴原本以為爸爸媽媽會看到他的朋友圈，然後盤問他去靈樨市做什麼，是不是去找女生玩。他都準備如實交代了，結果其實爸媽並沒有看到他的朋友圈，更不會有什麼盤問。

林氏夫妻飛去國外滑雪了，又泡溫泉又打獵，玩得很爽，根本沒空關注他們家倒楣孩子的動態。

林初宴他們回到南山市後，時光戰隊參加了線上校內淘汰賽，輕鬆拔得頭籌，成功闖進了省級比賽。

向暖很高興。只要勝利，她都會高興激動興奮，身體裡彷彿有一股能量在波動，點一把火就能上天……她喜歡這樣的感覺。

「這種結果只是正常預期，現在高興還太早了。」楊茵說：「我們的目標只有一個，那就是冠軍。無論是什麼規格的比賽，目標都只有冠軍，就這麼簡單。」

向暖覺得楊茵這股霸氣真的超迷人。

楊茵說：「從今天開始進入正常訓練。」

向暖疑惑地問：「啊？我們這一個星期以來不是一直在訓練嗎？」

「那只是讓你們磨合一下，我也順便觀察你們的水準，遠遠不到訓練的程度。我替你們制定的訓練表是每天練八個小時，有問題嗎？」

歪歪：「有。」

楊茵：「有問題就憋著。」

歪歪：「……」

楊茵：「大年初一可以放一天假，其他時間都要訓練。你們既然把我請來，既然想拿冠軍，就得按照我說的做。如果你們只是想去校際聯賽玩一圈看看風景，那我們現在就可以一拍兩散了。」

「我沒問題，我過年沒事做。」向暖第一個表態。

「我也沒問題。」林初宴說了。

沈則木、鄭東凱和歪歪也先後表示可以做到。

向暖想到剛才楊茵說的話，於是問：「茵姊姊，妳說妳在觀察我們的水準，那現在妳覺得我們水準怎麼樣啊？」

其他四人也豎起耳朵聽，聊天群組一陣沉默，這氣氛搞得向暖都有點緊張了。

楊茵「呵」了一聲說道：「一群菜鳥。」

「嗚嗚嗚……」向暖不知道該說什麼好了，她覺得好受打擊。

其他人也被打擊到了，不過都沒出聲。被一般人罵菜鳥的話他們不一定會服氣，但是被楊茵罵……好吧，不得不服。= =

雖說楊茵一遇到和遊戲相關的事情就會變成超級虐待狂，不過她對向暖還是有比較多耐心。這時聽到向暖哀號，楊茵便放軟語氣安慰她：「好吧，妳不是菜鳥，妳是一隻可愛的小菜貓。」

「茵姊姊，我知道妳盡力了，可是我並沒有受到安慰……」

林初宴笑出聲。

向暖生氣地說：「林初宴，你笑什麼笑啊！」

林初宴裝傻：「不是我。」

「還裝，我認得你的聲音。」

「咳。」楊茵打斷他們。「和遊戲無關的問題你們私下再討論……我說暖暖、歪歪，我建議你們換一下位置，歪歪打輔助，暖暖打上單。」

歪歪之前一直玩的是輔助，為了補位才換到上單，所以再換回輔助他也沒什麼意見。

向暖的意見可就大了：「不行啊，我只會輔助，我沒玩過別的。」

「沒玩過可以練。」

向暖沉默了一下，然後問：「茵姊姊，可以跟我說為什麼一定要換嗎？我們現在這樣不是滿好的嗎？」

「為了贏。」

「我聽不懂。」

楊茵解釋：「妳玩這類遊戲的時間太短了，很多意識還沒培養起來。輔助需要比較好的全域觀，這一點妳不如歪歪。但是妳的反應和手速都快，對當前視野裡的形勢判斷也還可以，而且妳很勇敢。我不是說妳輔助玩得不好，不過現在這個情況，讓歪歪去打輔助，妳開始練上單，這樣安排能夠使整個隊伍的實力獲得最大程度的提升。懂了嗎？」

「懂了。」向暖對著虛空點頭回答：「意思就是玩輔助浪費我的才華，對吧？」
歪歪小聲提醒她：「做人要謙虛，謙虛是美德。」
位置分配先這麼愉快地決定了，接著楊茵安排他們分開去組隊排位。
五個人加上楊茵，正好可以分成兩隊，每隊三人。
楊茵和向暖、林初宴一組。向暖拿了老夫子，林初宴是貂蟬，楊茵則隨便選了太乙真人。太乙真人的被動比較有意思——有太乙真人在的地方，他和隊友獲得的金錢都能有一定加成。所以太乙真人雖然是輔助定位，但他遊走蹭隊友錢的時候，隊友也不會有太大意見。
向暖是第一次用老夫子，她有點擔憂。「不然我們去匹配吧，排位萬一害到人呢……」
「妳腳踏實地打，我帶妳躺著贏。」楊茵回答。
好霸氣，好帥……想嫁。向暖變成了星星眼。
林初宴說：「我的貂蟬也可以帶妳躺著贏。」
「我已經躺好了。」向暖笑著說。
林初宴默默地妄想了她真人躺下去的樣子……呃，不能想了……
老夫子是一個可以和人貼臉打，無腦硬幹的英雄，武器是一把戒尺，打人的音效是啪啪啪，大招捆綁……從音效到技能都帶著點羞恥感。
向暖畢竟是第一次玩這個英雄，打得有點菜，被一個玩宮本武藏的隊友罵了。向暖有點心虛，想蔽屏宮本武藏，又擔心另一個陌生隊友也罵她，於是乾脆把所有文字聊天都蔽屏了。反正和楊茵、林初宴他們連著麥，不需要打字交流。

所以她並不知道後來宮本武藏還罵了她的爸爸媽媽和祖宗十八代。

林初宴在偷對方的藍Buff，看到宮本武藏正在附近和敵方兩個英雄打。宮本武藏發信號要貂蟬過去幫忙，林初宴的貂蟬優哉游哉地打完藍，等宮本武藏死翹翹了才操控貂蟬飄過去，把那兩個敵人收了。

宮本武藏很生氣地質問他：貂蟬是不是瞎？

初神（貂蟬）：是。

可能是因為沒見過這麼不要臉的，宮本武藏竟然啞口無言了。

後來宮本武藏又被貂蟬害了一次。

但這時候貂蟬的戰績很好，所以宮本武藏講話不自覺就客氣多了，問他：貂蟬為什麼不救我？

初神（貂蟬）：因為你是日本人。

至此，貂蟬穩穩地讓宮本武藏氣得牙癢癢。

後來宮本武藏發現罵人沒用，又跑去送人頭，打算藉此氣死隊友。還在公頻上傳訊息給敵方，報告己方隊友的行蹤。

他傳訊息的速度畢竟有延遲，不能做到即時轉播。楊茵他們就利用這個時間差打了一波包圍戰，收了對方四個人頭。

敵人覺得這是圈套，開始在公頻上罵宮本武藏玩家是狗。

亂糟糟的一局遊戲總算結束，向暖因為蔽屏了聊天頻道，並沒有看到那些奇妙的爭鬥。她現在心裡就只有一個想法——

老夫子真好玩啊！

第四十三章

向暖練了幾天上單，對楊茵這個人越來越好奇了。

於是她搜尋楊茵的名字，結果搜出來的都是不好的消息。網路上有人在「八卦」楊茵，說她靠著陪老闆睡得到主力位置；說她仗著自己是女生在隊裡橫行霸道，隊友們都必須讓著她；還說她沒素質、罵戰隊粉絲，講話難聽……

八卦的人上傳了很多圖片，弄出一副圖文並茂、言之鑿鑿的樣子。向暖承認如果她只是一個不認識楊茵的普通圍觀群眾，看到這些圖文多半也會相信。

但向暖根據這陣子和楊茵的接觸——雖然這位茵姊姊一打遊戲就會變成超級虐待狂，還說林初宴他們是菜鳥，說向暖是菜貓……但向暖依舊選擇相信她的人品。

「茵姊姊，是什麼人在毀謗妳？」向暖問楊茵。她看完那些八卦就明白了，這世界上沒有無緣無故的恨，造謠的一定是茵姊姊的仇人。

楊茵不會疑惑向暖怎麼會看到那些亂七八糟的傳聞，她感到奇怪的是，向暖怎麼這麼堅信是有人在毀謗她。

『妳怎麼就知道我沒做過那些事？』楊茵半開玩笑地說道。

「我相信妳啊，眼見為憑。」

向暖講完這句話之後，發現楊茵沉默了好久，一直沒開口。她以為楊茵不高興了，於是小聲說：『對不起，我不該提這件事的。』

『別誤會，那件事過去滿久了，其實我已經無所謂了，我只是有些感慨。』楊茵說著輕笑一聲，笑聲裡帶著淡淡的無奈。『我和妳才認識半個月，妳就相信我，但是我交往了兩年的男朋友不相信我。』

「啊？那現在他——」

向暖想問問現在他信不信楊茵，但楊茵直接打斷她：『現在他已經是前男友了。』

向暖有些傷感。那些八卦有提到楊茵的男朋友，當時和她同一個戰隊，似乎是滿厲害的角色，有很多迷妹。

楊茵感受到向暖的情緒，便反過來安慰她：『不要難過，在我的世界裡，男人遠沒有遊戲重要。』

向暖被她這股霸氣震得眼冒金星。

※　※　※

向暖的上單英雄除了練老夫子，還練了曹操、楊戩、花木蘭等主流上單。為了保障陣容的靈活性，她又練了哪吒、劉邦、關羽等不太主流的上單。楊茵問向暖覺得所有上單裡最難玩的是誰，本以為向暖會答花木蘭，但她給出的回答是關羽。

「因為關羽必須一直跑一直跑，就算躲在草叢裡也要轉圈圈，手指都快磨破了。」

林初宴說：『妳的手指太嫩了。』

楊茵感覺林初宴看問題的角度真是獨特，這和手指嫩不嫩有什麼關係？明明就是向暖按得太用力了。

不過向暖用關羽的時候並不多。她時間有限，主要練的是老夫子和曹操。花木蘭也是很強力的上單，正因為版本強勢，真到比賽時很容易搶不到。

林初宴除了貂蟬，還練了不知火舞和諸葛亮兩個強勢法師。

除了他們倆，另外三人也都擴充了自己的英雄池。他們的兩支三人隊伍是輪替的，並不固定。向暖有時候和林初宴一起組隊，有時候和沈則木一起，楊茵則大部分時候和向暖一起，因為她要指導向暖從無到有學習新的位置和英雄。

向暖親耳聽過楊茵在遊戲裡罵沈則木「菜鳥」。這位姊姊玩遊戲的時候不太有耐心。沈則木一個榮耀王者，在她嘴裡也就是菜鳥一隻。

向暖聽得瑟瑟發抖，操作失誤，老夫子的大招沒能捆住敵方法師，而是捆到一個肥肥的牛魔王。

牛魔王是一堆肉山，打他都嫌浪費技能的那種。

「對不起對不起……」向暖連忙道歉。

『沒關係，好好打。』楊茵輕描淡寫地說。

沈則木有些不冷靜。不是因為被罵菜鳥，而是楊茵對待兩人的態度反差之大，發人深思。

遊戲結束時，沈則木傳了文字訊息給楊茵：妳是不是喜歡她？

楊茵：？？

沈則木：向暖。

楊茵：對啊，這麼可愛的女孩子誰不喜歡？

沈則木：我是說，那種喜歡。

楊茵：……

這位少爺，腦洞有點大耶。

楊茵被沈則木的腦洞嚇到了。她看著他的訊息，雖然總共不過十幾個字，但質問的語氣幾乎要透過螢幕撲到她臉上。那一刻，楊茵頓悟了。

楊茵：你們不會是在玩三角戀吧？

沈則木心想：現在還不好說是幾角。

他回楊茵：我冒昧地問一句，妳的性向是？

楊茵：我喜歡男的。

傳完這則訊息，楊茵愣了一下。她作為一個教練，為什麼要接受隊員的盤問？而且她還回答得這麼快。==

沈則木只回了一個「嗯」字。

楊茵覺得挺有趣，就問他：你多大了？

沈則木：二十一歲。怎麼了？

楊茵：沒事，只是覺得你像個小老頭。

「你像個小老頭」……不只一個人這樣說過沈則木。

沈則木外表看起來和「小老頭」沒有任何關係。他就是二十歲的樣子，外表修長英俊，走在路上會有女生主動搭訕。這完全不是小老頭能有的待遇。

但和他接觸久了的人都會說他的性格像老年人。穩重、深沉、自制力強，從不放縱或任性，不會有情緒化的時候……

這樣的性格說好聽點是老氣橫秋，說難聽點就是……無趣。

※　※　※

第二天是除夕，沈則木白天打了一天的遊戲，陳應虎來找他玩時看到姨丈正在貼對聯。

陳應虎覺得表哥一定會被爸媽罵，至少會嘮叨兩句「光打遊戲不幹活」啦，「再打遊戲就把你的手機扔掉」啦，「你打算和手機過一輩子嗎」、「看一整天手機，眼睛不要了」……之類的。

他自己在家打遊戲總是要經歷這些。

好想看表哥被罵啊……

然而，陳應虎發現他的阿姨和姨丈對兒子沉迷遊戲一事竟然視而不見。

嗯，一定是因為有別人在場，不好意思直接開罵，要等關起門才罵。

陳應虎主動問表哥：「阿姨不會唸你嗎？」

「不會。」

陳應虎好不甘心，繼續追問：「你玩一整天遊戲，她都不會唸你？」

「不會。」

「為什麼？」

沈則木莫名其妙地瞥了他一眼說：「為什麼要唸我？」

「唸你不務正業。」

「我正業務得很好，這學期成績還是全系第一。」

陳應虎捂著胸口，默默地吐了一小口血。

晚上他們一起去餐廳吃年夜飯，一大家子親戚圍了滿滿一桌。陳應虎的媽媽和沈則木的媽媽是親姊妹，兩人坐在一起，聊著聊著就聊到了孩子。

陳媽媽說：「我們家應虎整天就只知道打遊戲，好不容易交個女朋友，都說好了今年要帶回家看看，他又跟我說她家裡有急事先回去了。我跟他爸爸都懷疑他這女朋友是假的。」

陳應虎默默地說：「不是假的啊……」

「還是你們家則木讓人放心，聰明又穩重還大氣，我要是有這麼一個兒子……算了，我上輩子造了孽，沒辦法有這麼好的兒子。」

沈媽媽嘆了口氣說：「應虎很善良，他只是沒吃過苦。我們則木沒福氣，他國一那年，我有好一陣子都沒怎麼管過他……」

周圍的人安慰道：「好了，都過去的事了，大過年的不要提了。」

沈則木作為他們話題的主角，此刻心情比他們都平和。從心理上，每個兒童都會成長為成年人，這是必然的。他只不過是這個階段來得早一些而已。

所以同齡的人覺得他無趣時，他並不會驚訝，他同樣覺得他們無趣。

但現在，他遇到了一個有趣的人。

沈則木自己有點意外。向暖在他眼裡有些幼稚，但他偏偏被這麼幼稚的她吸引了。

這天晚上，沈則木守歲到零點時，收到向暖傳來的祝福訊息。

他立刻打電話給向暖。

向暖接起電話說：『喂，學長，還沒睡啊？』

「嗯。」

『新年快樂啊，學長。』

「謝謝，妳也是，新年快樂。」

向暖不知道要說什麼，她甚至不知道沈則木為什麼要打電話給她。祝福在微信裡說不就好了嗎？現在哪還有人打電話拜年的……

沈則木突然說：「向暖。」

『唔？』

「當初，妳為什麼會玩王者榮耀？」

『……』

「是因為我嗎？」

如果不是沈則木問，向暖幾乎要忘記了，自己一開始玩這個遊戲完全是為了接近他。

她同樣快忘了自己那時候對沈則木一見鍾情。

剛認識他的時候，她恨不得天天看到他，真的見到時又會緊張，哪怕只是講一句話都無法控制地臉紅。

現在回想起來，彷彿都是很久以前的事情了。

明明才過幾個月而已。

『向暖？』沈則木喚了她一聲，拉回她的思緒。

「嗯，學長……」向暖定了定心神，回答：「我確實是聽歪歪學長和你聊天時提到這個遊戲才去玩的。學長你還記得嗎？那天好像是社團開完例會，我在活動中心外面聽到你們聊天。我還問歪歪學長什麼是『開黑』。」她講得一派冠冕堂皇，隻字不提藏在心底深處的那些祕密。

好丟臉啊，她希望沈則木永遠不要知道最好。

沈則木怎麼可能不知道。事實上，他什麼都知道。向暖是個心思單純的人，藏不住情緒，那一點心思簡單直接都寫在眼裡，他怎麼會看不出來？

他像個冷眼旁觀的路人，看著那些女孩子對他的愛戀。

有時候越是無動於衷，越是看得分明。

然而當他真的動了心，也就模糊了眼睛，看不清楚了。

沈則木有些後悔，後悔當時的無動於衷。

若是他早一點動心，大概也不會有林初宴這些事了。

不過，現在想這些已經遲了。沈則木不願意自尋煩惱，於是甩掉頭腦裡的那些思緒，對向暖說：『嗯，我知道了。』

你知道什麼了啊……

向暖覺得他這話說得讓人不放心，於是試探地問：「學長是不是聽別人亂說了什麼？」

『沒有。』

「反正學長不要誤會喔。」

『嗯。』

莫名其妙的一通電話，向暖掛斷時還有些茫然，回不過神來。

剛掛掉電話又有來電。

向暖覺得自己比大老闆還忙。

這次打電話的是林初宴。

「喂，林初宴，幹嘛啊？」向暖接起電話問道。

林初宴好像是在室外，向暖聽到了呼呼的風聲，感覺怪冷的。然後她聽到他說：『妳剛才在跟誰講電話？』

向暖支吾了一下，回答：「一個朋友。」

『什麼朋友？』

「就是普通朋友。」

林初宴沉默了。

向暖莫名有點尷尬，說道：「那你打電話來要幹嘛啊？」話題轉得相當生硬。

林初宴說：『跟妳拜個年。』

向暖開玩笑說：「電話拜年多沒誠意啊，你應該帶著禮物登門拜訪。」

『那我明天帶著禮物登門向您拜年？』

「不要不要，我開玩笑的。」

林初宴低笑著說：『我也是開玩笑的，妳很傻耶。』

向暖哼了一聲。

但她確實有點懷念林初宴上次來家裡做客時的情形。林初宴雖然經常發神經，不過在別人家裡就不好意思發作，可乖巧了，要他做什麼就做什麼。向暖的媽媽做飯時要她剝蒜，她不想剝就拿給林初宴，然後林初宴就乖乖地剝蒜，她在一旁監工還一邊吃櫻桃。林初宴的手指真好看，剝蒜都能剝出賞心悅目的感覺……她吃的櫻桃也是林初宴帶來的，很大顆，紅得發黑，咬一口鮮嫩多汁，特別甜。

媽媽發現之後說她欺負林初宴。向暖當時想：那是妳沒看到他欺負我的時候……

『向暖？向暖？』林初宴喚她。

向暖也不知道自己今天怎麼了，老是出神，可能需要補補鈣。

「嗯？」她應了一聲。

林初宴笑著說：『妳猜我在做什麼？』

他的笑聲很溫柔，在凜冽的風聲裡迴盪，像一把搖曳的小火苗。

向暖被他的情緒感染，也笑了笑說：「我猜你在站崗。」

『不是。』

「你在遛狗。」

『不是。』

「你在雪地裡尿尿？……林初宴你注意一下你的水準。」

『不是……』

向暖猜不出來。

※　※　※

林初宴此刻在放煙火。

南山市是省會城市，人口密集，全年禁止市民私自燃放煙火爆竹。除了中心三區之外，每個區都有幾個固定的地點，實在很想放的可以去固定地點放煙火。

林雪原買了一塊地，弄成一個度假山莊，然後靠門路把這個度假山莊變成指定的煙火燃放地點。

每到過年，這裡人就滿多的。

林初宴放煙火的地方是度假山莊裡的私人區域，一棟花園洋房。現在他站在花園裡，地上堆了一些煙火。

「我在放煙火。」他說了。

『哦？你在哪裡呢？』

「還在南山。」

『哈哈，你在南山市放煙火？我們靈樨都禁放了，更何況是南山……你怎麼不和煙火一起上天呢！』

「真的。」林初宴回答：「我在郊區。」

『郊區也不能放。』

「我在指定的煙火燃放點，這個燃放點是我們家的。」

『哈哈哈哈……林初宴你可真會吹牛，佩服佩服。』

向暖怎樣也不相信，於是林初宴要她打開視訊。

向暖看到視訊裡的林初宴果然在室外，他的鼻尖都凍得發紅了，一雙眼睛還是那麼明亮，帶著淡淡的笑意。

視訊一開，向暖更不相信林初宴了——雖然她沒去過燃放點，但也知道現在那裡應該會有很多人。然而林初宴的鏡頭裡除了他自己，一個生物都沒有。

林初宴也不知道發了什麼瘋，突然堅持自我，非要放煙火。向暖有些擔心，看到他真的點了煙火，然後鏡頭一陣晃動，最後是烏漆墨黑。應該是把手機鏡頭對準了天空。

然後在她的螢幕上，她看到真的有煙火綻開了。

從畫面品質來看，拍得一點都不專業，不過煙火真的很漂亮，火紅色的光束炸開，突然點亮夜空，令人驚豔。

向暖聽到了林初宴的笑聲。他問她：『好看嗎？』

「好看。」向暖憂心忡忡地說：「林初宴，你快走吧，等一下警察要來抓你了。」

林初宴偏不走。

向暖好擔心。

林初宴這樣開著視訊，點亮一個又一個煙火。

向暖看得好害怕，非常擔心有穿制服的警察突然出現在鏡頭裡。

『最後一個了。』林初宴說。

向暖悄悄鬆了口氣。

最後一個煙火和前面那些都不一樣。雖然從包裝幾乎看不出區別，但是裡面不一樣。

林初宴深吸一口氣，彎下腰點燃它。

夜空中突然綻開三朵煙火，金色的「I」和「U」兩個字母被紅色的心形圖案隔開。

從點燃它開始，林初宴的心跳就在加快。隨著那三個圖案綻開，心跳已經快得不像話。

這是一個有些大膽的試探，他等著向暖的回答。

煙火從綻放到熄滅不過數秒。等火星散落，天空再次恢復寧靜後。

她什麼都沒說。

林初宴等了片刻，耳邊無非是呼嘯的夜風。風把更遠處鼎沸的人聲送來，聽在耳裡更使他覺得寂寥清冷。

他有些不甘心，問向暖：「喜歡嗎？」

她沒有回答。

林初宴看著螢幕裡的她的臉龐，發現她正皺著眉，一動也不動。

「向暖？」他叫了她一聲。

手機突然提示：視訊通話已中斷。

林初宴怔了怔。

緊接著，向暖打電話來了。

『林初宴你這個大傻子，快回去啊。放了這麼久，警察肯定在路上了！』向暖說。

「向暖，妳喜歡最後一個煙火嗎？」林初宴固執地問。

『喜歡喜歡，超喜歡的！你快回去。』

林初宴無奈地笑了笑，問她：「妳是不是根本沒看到？」

『能怪我嗎？是你自己訊號不穩斷線了。』

有那麼一瞬間，林初宴好想去炸掉網路公司的老巢。

向暖又催他回去，林初宴只好回去了。他聽到向暖在打呵欠，於是讓她去睡覺。

林雪原夫婦也早已經睡了。林初宴回到屋裡，坐在燈火通明的客廳發了一下呆，然後也去睡了。

※　※　※

隔天是大年初一，向暖白天拜年，晚上才登入遊戲。

今天不用訓練，她就在遊戲裡開心一下，邀了林初宴和忘卻。

三個人開著麥，向暖想起昨晚沈則木的那通電話，對人生突然多了些感慨。

「我有跟你說過嗎？我一開始玩這個遊戲其實是因為沈則木。」向暖對林初宴說。

『我知道。』林初宴回答。

向暖：「不過我發現我其實早就不喜歡他了，我已經找到了我的真愛。」

林初宴心口重重一跳，故意用平靜的語氣說：『那妳現在的真愛是……』

「王者榮耀。」

第四十四章

這天晚上他們三個打排位時，林初宴老是用呂布。

呂布的攻擊距離比一般戰士遠，能打出可觀的真實傷害。裝備好了，一刀一個小朋友，砍張飛這樣的肉盾都不在話下，所以有時候呂布可以作為射手來打。

忘卻見林初宴的呂布舉著方天畫戟，見人就砍，彷彿一條瘋狗完全失去了理智。

不，這不是他認識的那個林初宴。

原來習慣法師的人轉行時可以這麼可怕嗎？

林初宴一頓操作猛如虎，一看戰績零比五，把向暖和忘卻都嚇呆了。

忘卻問林初宴：『你怎麼了？』

『我高興。』林初宴回答。

向暖打遊戲有個很好的習慣——絕不抱怨隊友。她覺得林初宴第一次玩呂布，不熟悉是正常的，她要為他遮風擋雨，這才是隊友應該做的。

向暖的關羽騎個大馬，馬蹄聲噠噠噠。她一直密切關注呂布的動向，一看到呂布不安全就跑過去解救他。

有時候為了救呂布，她能把自己的命都賠進去。

「你快跑。」向暖這麼說，死得無怨無悔。

林初宴心情五味雜陳。他很不想承認自己竟然有些感動。

遊戲結束後，忘卻傳訊息給林初宴：兄弟，你是不是被綠了？

林初宴：……

林初宴：何以見得？

忘卻：綠布。

在這個遊戲裡，呂布被玩家戲稱為「綠布」。因為根據遊戲的背景故事，貂蟬表面上和呂布恩恩愛愛，其實心裡一直惦記著趙雲。她還幫趙雲算計呂布，差點弄死他。

忘卻見林初宴不說話，以為被自己說中了，又安慰林初宴：看開點。

林初宴哭笑不得地回：嗯。

※　※　※

林初宴用呂布砍了一整晚的人，一整天鬱結在心頭的煩悶才總算消散了。他們下遊戲後，向暖說：『林初宴，我保護了你一個晚上，你打算怎麼謝我呢？』

林初宴低聲問：「妳想要我怎麼謝妳？」
『嗯……』向暖想了想。『我也不知道。不然就唱歌吧？』
「總是唱歌，妳聽不膩？」
『不膩。』
他笑了笑，頓了一下後說：「不如我彈鋼琴給妳聽吧。」
『晚上彈鋼琴，會不會擾民啊？』
「不會，有獨立琴房，隔音很好。」
『那你彈吧，彈點催眠的給我聽。』
「好。」
林初宴拿著手機，一邊和向暖說話一邊下樓，走進琴房。他的注意力都放在手機那一頭的向暖身上，路過客廳時並沒有發現爸爸在看他。
林雪原正在客廳看電視。這時眼看著兒子走進琴房，他立刻上樓去找老婆了。
「老婆。」一進臥室，林雪原就喊她。「妳猜我發現了什麼。」
越盈盈正在敷面膜，一看到林雪原進來，立刻叫他：「老公，過來，我幫你敷一片。」
林雪原頭皮繃緊。他剛才是為了躲老婆才去客廳的，結果看到林初宴反常，一激動就自己把腦袋送過來了。
林雪原頂著一片面膜，躺在床上說：「妳猜我剛才發現了什麼。」

「什麼？」越盈盈摸了摸林雪原的小腹。

林雪原：「妳想做什麼等一下可以嗎？頂著面膜跟鬼似的，我硬不起來……」

「不是，我只是想看看你長肚腩了沒。」

「沒有！」

「嗯。」越盈盈也挺滿意的。她不能忍受老公挺著大啤酒肚，要是那樣她會控制不住，把老公扔掉。

越盈盈收回手，問他：「你說，你剛才發現了什麼？」

「我看到初宴去琴房了，一邊走還一邊講電話，太詭異了。」

「奇怪了，都該睡覺了他還去彈琴？」

「就是說啊。還有，我懷疑他昨天晚上放煙火了，因為地下室裡的煙火少了。」

「他一個人放的？」

「這就不清楚了。」

夫妻兩人對視一眼，從對方的目光讀出相同的意思——

春天到了啊。

※ ※ ※

林初宴把手機固定在一個可調整角度的支架上，手機的螢幕正對著他的臉。

然後他和向暖連了視訊。

林初宴精緻秀氣的面孔占據了整個螢幕，向暖第一次以這樣的角度看他。

感覺距離好近，近得像是要接吻。

向暖莫名地想到他們一起通宵念書的那個晚上。她閉著眼睛仰頭等他，這個動作真是曖昧得可以。好傻，為什麼要那樣做啊……

等等，怎麼又走神了……

向暖甩掉那些思緒，繼續看林初宴。

他皮膚真好。

「林初宴，你是不是開了美顏？」向暖問。

『沒有。』林初宴垂著眼笑了笑，嘴角輕輕牽起一個弧度。

向暖看著他的笑容，感覺內心有點蕩漾。像是平靜的水面突然跳起一隻小鯉魚，捲起一片水花那般蕩漾。

林初宴彈的第一首曲子是《秋日私語》。寂靜的夜裡，音符像月光一樣流淌，向暖想閉著眼睛傾聽但又捨不得林初宴的臉。

她靠在床上看著他。

林初宴彈琴時一直低垂著眉眼，神色寧靜，會讓人想起無數個靜謐又溫柔的深夜。

這首曲子安靜溫柔又情意綿綿，向暖聽得有些呆了。

彈著彈著，林初宴突然抬起眼皮，看了一眼鏡頭。

明亮的眸子，淺淺的笑意，明明像春水一樣溫柔，卻彷彿一把箭猝不及防地戳在她的心房。

向暖有一種電流竄過的感覺，酥酥麻麻的。那一刻她感覺輕飄飄的，精神都有點恍惚了。

這時，她聽到了自己的心跳聲。

怦，怦，怦……

清晰有力，像打鼓一般。

這個感覺，她真是太熟悉了。

林初宴彈完一首曲子，才剛要說話，向暖就急急忙忙和他道了晚安，幾乎不等他反應就已經關掉視訊通話。

林初宴愣了一下，有些失落。

他並沒有看到關掉視訊後的向暖把頭埋在被子裡慘叫：「嗚嗚嗚，錯覺錯覺錯覺……」

過了一會兒，向暖從被子裡鑽出來，揉了揉微微發燙的臉。

她扔掉手機，披上衣服下床出去。她感覺自己需要走動走動，呼吸一下新鮮空氣。

向暖一邊下樓一邊自我鼓勵：「不不不，我不能被美色勾引，不可以重蹈媽媽的覆轍。」

任丹妍正要上樓，在樓梯遇到女兒，聽到她唸唸有詞……什麼？重蹈覆轍？

「妳給我等一下。」任丹妍說：「說清楚，什麼叫重蹈我的覆轍？妳知道覆轍是什麼意思嗎？翻車！我什麼時候翻過車？」

向暖張了張嘴，還沒從剛才的情緒中回過神來。

任丹妍看到女兒發著呆像隻智障的小鴨子，便問：「妳在幹什麼？」

「我要出去走走。」

「回去穿衣服！妳打算凍成冰棒再回來嗎？」

向暖於是心情低落地上樓，穿上大衣，然後拉開衣櫃想拿條圍巾。

她從衣櫃裡看到一條暗灰色帶白色條紋的格子圍巾，一看就是男生的款式。

那是林初宴落在她家的，她打算返校時還他。

向暖眨了眨眼，摸過那條圍巾，繞在脖子上。

圍巾柔軟厚實，彷彿還殘留著他的氣息。

她立刻就心虛了，紅著臉把圍巾拿下來放回衣櫃，另外拿了一條淺褐色印著小鹿的圍巾圍好，噠噠噠地跑下樓。

外面滿冷的。

向暖蹲在院子裡那個夏天養荷花、冬天閒置的大缸裡，看著近處和遠處的燈火，偶爾有車輛路過，車的燈光透過攀著薔薇枯枝的柵欄，照到她臉上。
夜風吹來，涼涼的十分降火。
向暖扒著缸沿，嘟嘴發呆。
向大英同志推開窗往樓下看，發現女兒縮成一團，蹲在缸裡。他感到十分莫名其妙，就問道：「暖暖，妳在幹什麼？」
「我在看月亮。」
「傻孩子，初一哪有月亮啊。」
向暖這才發現天空真的是烏黑一片，根本沒有月亮。
她有些尷尬，默默地從缸裡出來，若無其事地回去了。
向大英關上窗戶，轉身問任丹妍：「這孩子怎麼了？」
「不知道，從寒假回來就沒正常過。」任丹妍忍不住抱怨：「也不出門，整天就對著手機喊殺人，弄得我晚上作夢，夢見她殺人坐牢，可嚇死我了。」
向大英比較心寬，安慰她：「我覺得我們暖暖有分寸，她就是年紀小，貪玩……她期末成績不是不錯嗎？」
「全班三十多個學生，她考第二十名，哪裡不錯了？」
「大學嘛，沒被當就不錯了。」
任丹妍有點哭笑不得。「你這……是做教授的人應該說的話嗎？你也太寵她了。」

「反正我也不指望我們女兒有什麼成就，她只要開心快樂，我就滿足了。」

※　※　※

林初宴覺得自己有點莽撞了。

昨晚是，今天也是。

他這邊一頭熱，但如果她不喜歡呢？

林初宴悠悠嘆了口氣，起身離開琴房。

剛打開門就發現門口站著兩人，耳朵貼過來，一副偷聽的姿勢。

不是別人，正是他的爸爸媽媽。

林初宴默默看著他們。

場面有些尷尬。

林雪原畢竟是經歷過大風大浪的人，這時候直起身，面無表情地朝他招了一下手。「你過來。」

一隻字不提偷聽一事，直接化被動為主動，把兒子叫到客廳。

一家三口坐下，林雪原不等兒子開口就先發制人：「你是不是談戀愛了？」

「沒有。」林初宴回答，神情有一絲落寞。

越盈盈問：「是不是有喜歡的女孩子了？」

林初宴抿了一下嘴角，沒有說話。

林氏夫婦對看一眼，雙方眼裡皆是了然：原來是單戀啊……

「初宴，加油。」越盈盈拍了拍兒子的肩膀。

林初宴猶豫了一下，說道：「能不能幫我分析一下？」

然後他把昨天放表白煙火時向暖突然斷線；今天彈鋼琴給她聽時她突然不想聽了……這兩件事告訴爸爸媽媽。

林雪原聽完，看著兒子，眼神是同情中帶著一點幸災樂禍。「這還用說嗎？人家不喜歡你，否則怎麼可能在那麼關鍵的時刻斷線？說出來你相信啊？電視劇都不敢這樣演。昨天人家都拒絕你一次了，你今天又來，人家能不尷尬嗎？她不好意思開口，你就橫衝直撞？我怎麼會生出你這麼傻的兒子？」

林初宴默然不語。

越盈盈說：「初宴，有那個女孩的照片嗎？我想看一下。」

林初宴翻出一張過年去找向暖玩時拍的照片。

照片裡，向暖把她海帶成精的捲髮紮成一個丸子頭，穿著紅色大衣，把一個糖葫蘆舉到鏡頭前，整個鏡頭有一半是那根糖葫蘆。糖葫蘆後面的她在笑，漂亮的桃花眼笑成兩道小月牙；秀挺的鼻梁；上唇略薄，下唇豐滿，唇形精緻優雅；白皙的臉蛋透著紅暈，顯得氣色特別好。

越盈盈看一眼就覺得很驚豔，禁不住稱讚：「這女孩真漂亮！」

林初宴點了一下頭，眼底有些暖意。「嗯。」

林雪原覺得照片裡的女孩有點眼熟。他記憶力很好，在腦子裡搜索了一下就想起來了——上次他去南山大學找敗家子算帳時，無意間遇到一個女孩。因為他當時氣急敗壞，還嚇到了路人女孩。

對，就是她。

林雪原有點心虛，決定打死也不說這件事。

林初宴收好手機，跟爸媽道了晚安，上樓回自己房間。

走在樓梯上，他聽到客廳裡的爸爸對媽媽說：「我早就說過，這小混蛋只有一張臉能看，腦子正常的女孩誰會喜歡他？」

林初宴：「……」

好想提醒爸爸他還沒走遠。

※　※　※

從大年初二開始，向暖他們又投入緊張的訓練當中。閔離離過年實在閒得發慌，聽說向暖他們又要打比賽了，她就自告奮勇當了情報員，潛伏在各大專院校的論壇、貼吧，甚至微信群組之類，打探情況，輸送情報。

向暖好感動。

可惜閔離離畢竟是第一次做情報工作，還不太順手，在南山體院偵察時暴露了身分。

南山市體育學院和南山大學主校區離得不遠，兩校一直互看不順眼，要說原因也簡單。南山大學——尤其是主校區，男女比例本來就不均衡，男多女少，男生們想在本校泡到一個妹子是多麼艱難。可是隔壁的體院又盛產陽剛帥哥，對女孩們來說是莫大的吸引力。南山大學的男生與體院男生，一方占地利，一方占人和，在戀愛競爭方面廝殺得相當慘烈，發展到互相仇視真是再順理成章不過了。

閔離離在體院論壇看到他們自High，說什麼這次校際聯賽一定能把別人打成豬頭，尤其是隔壁那群書呆子。「隔壁那群書呆子」指的就是南山大學的書呆子們。

閔離離回了一句「一群智障」。

體院的學生最討厭別人說他們「頭腦發達，四肢簡單」之類的話，看到「智障」兩個字就很不高興，罵回來了。

閔離離反正閒得快長毛了，就跟他們罵來罵去互損。

雙方的行為大概就類似動物園裡的大猩猩互相扔糞便，氣死對方是第一目的，沒什麼實質意義。

論壇管理員是體院自己人，看到閔離離搗亂，就順著她的註冊信箱查出她是南山大學的。

哈，上門踢館？

有種！

怕妳的是孫子！

閔離離發現事情不妙，趕緊溜走了。結果體院的學生不屈不撓，第二天跑去南大的論壇挑釁，然後雙方學生對罵半天，最後體院下了戰書。

閔離離把體院的戰書截圖給向暖看，向暖滿頭問號。

這是什麼鬼啊？

閔離離好心虛，胡亂解釋一通，向暖也沒聽懂。

向暖自己登上論壇看，發現論壇現在比廟會還熱鬧。看來大家都很閒啊……

她的信箱塞了很多私信。

向暖點開信箱，大概掃了一眼，基本上都是加油鼓勵的，還有一些是表白的。

寄件者當中有一個熟悉的ＩＤ：所向披靡。

向暖腦子裡出現一個狂翻天最後被她捶扁的花木蘭。

咦咦咦？

她看了一眼信件內容，只有兩個字：加油。

向暖好奇地回信：是那個所向披靡嗎？

所向披靡：是。＝＝

是暖暖啊：謝謝，我會加油的。

所向披靡：對了，不管妳信不信，我都要提醒妳。林初宴是個神經病，大變態。
是暖暖啊：我知道。＝＝
向暖徵求過時光戰隊全體成員的意見後，代表戰隊在微博上發了聲明：『時光戰隊的目標只有一個，那就是冠軍。』
這樣「雄心壯志」的聲明與體院那種小家子氣的戰書相比，高下立判。
向暖覺得跟林初宴在一起久了，她囂張的技能也快點滿了……

※　※　※

省級比賽全部是線上賽，三局兩勝單敗淘汰，一共舉行兩天，從正月初九到初十。線上賽沒有抽籤，是官方機器排籤。
向暖正月初八一早就刷官網，終於刷出籤表了。她看到南山大學第一個對戰的是……南山體育學院。
啥？
這什麼鬼劇情，正常來說不是應該最後才遇到嗎？怎麼一開始就是冤家？
牛都吹了，要是第一局比賽就輸，不僅會被老冤家羞辱，還自己讓自己下不了臺，雙份的丟臉！

壓力好大……

向暖捧著手機發呆。

閔離離突然傳訊息給她：暖暖加油！

向暖：嗯嗯！

閔離離：今天情人節喔。

向暖看了一眼日曆。唔，今天是二月十四日。

閔離離：妳有沒有收到巧克力？

向暖看到這句話時，腦子裡浮現一張臉。

秀氣精緻的臉龐、帶笑的眸子，輕輕牽著嘴角像在問她：妳想不想要我的巧克力？

向暖揉了揉發熱的臉龐，心想：不要想那些亂七八糟的，要專心比賽。

※　※　※

情人節這天，向暖三餐都吃外送。爸媽嫌棄她每天只知道打遊戲，在這樣的節日就不帶她去玩了，兩人自己出門約會。

很好，成雙成對的人約會，魯蛇在家吃外送。很好，沒問題。

向暖白天收到一大束百合花，非常新鮮漂亮，抱在懷裡香氣宜人。

送花小妹沒說是誰送的，向暖找了半天也沒找到卡片。
什麼鬼，為善不欲人知？這是學雷鋒的時候嗎……
她拍了張百合的照片發朋友圈，問：「是誰送的啊？」
有三個人冒出頭主動承認，其中沒有林初宴。
向暖在林初宴的微信留言：你今天怎麼沒幫我按讚？
過一會兒，林初宴回：沒看到。
然後立刻幫她按了讚。
向暖覺得這花可能真的不是林初宴送的，心底有點難以言喻的失落，並刪了朋友圈。
林初宴發了個紅包給她。
林初宴：不要生氣。
向暖：誰生氣了。==
向暖接受了林初宴的紅包，照金額又還了他一個，說：節日快樂。
林初宴用向暖給的紅包出門買了一盒巧克力，回來時一邊吃巧克力一邊和她打遊戲。
向暖聽到林初宴講話有些含糊，就問他：「你在吃什麼？」
『巧克力。』
「誰送的啊？」
林初宴心想：『妳啊。』

但他嘴上卻說：「妳猜。」
向暖心想這神經病很多人追，有人送一兩塊巧克力也不奇怪。她心底有些無語，說道：「我不要猜。你無不無聊啊。」
林初宴問她：『妳想不想吃？』
「哼哼，一點也不想。」
玩了一會兒，向暖聽到林初宴又吃了一塊，她一個不小心沒忍住，說出了自己真實的想法：「我也好想吃巧克力。」
林初宴的聲音帶著點笑意，愉悅而輕盈。他低聲說：『妳自己買啊。』
向暖哼了一聲。情人節自己買巧克力吃，也太心酸了吧……魯蛇也是有尊嚴的，好嗎？
大概是聽到了向暖來自心底的呼喚，快遞小哥又打電話給她了。
這次送來的是一個盒子。
向暖拆完包裹，面對包裝精美的盒子，心情雀躍。過了一整天，她終於收到一盒巧克力了！對，這絕對是巧克力！毋庸置疑！
她滿懷期待地打開了盒子。
盒子內裡用金色的錫箔紙裝飾，很漂亮，裡面整整齊齊地躺著六塊……
呃？
向暖很不想承認那是巧克力。

因為眼前深褐色的巧克力被做成了大便的形狀。

啊啊啊，怎麼會有人把巧克力做成這種形狀！這還有沒有王法！要報警了啊！

好吧，就算做了，自己吃掉就好了，為什麼要送出去傷害別人啊……

魯蛇已經活得那麼艱難了，為什麼還要讓我承受這些。

向暖好生氣，拍了張照片想發朋友圈吐槽，可是又怕被人嘲笑，尤其是林初宴。同樣是單身，人家收到美美的巧克力吃得香甜，她收到的卻是便便……

冷靜，冷靜。

向暖找到快遞單，看到單子是手寫的，地址很模糊。她在網路上輸入單號搜尋，發現這快遞是從Z省寄出的。

沈則木就是Z省的。

向暖無法相信便便來自沈則木。

沈學長是正經人啊……

不過也不一定……正常人只要跟林初宴那個傢伙有點牽扯，總歸會被帶歪。萬一沈學長也被傳染了神經病呢……

向暖傳了訊息給沈則木，試探性地問了一句。

向暖：學長，我收到了一份巧克力，是你送的嗎？

沈則木：嗯。

承認了，他承認了！一點偶像包袱都沒有！

向暖整個人呆住，這個結果真是太令她意外了。她先是震驚，覺得沈學長的人設像山崩一樣崩塌了，接著她只覺得非常委屈。她雖然喜歡過沈則木，但也沒招他惹他騙他啊，為什麼要遭受到這樣的報復？

向暖鬱悶地回覆：學長，送這樣的東西是什麼意思嘛。

沈則木：就是妳理解的意思。

向暖：學長想請我吃大便？

沈則木：……

此刻，沈則木握著手機看著向暖傳的那則訊息，滿頭問號。這女的恐怕真的是個智障吧？「送巧克力」等於「請吃大便」？邏輯何在？就算是為了拒絕他，有必要把話講得這麼噁心嗎？

看不懂，猜不透。

沈則木冷靜下來，在打字框裡輸入了幾次話，最後都刪掉，直接問她：為什麼這樣說？

他實在很好奇她講話的邏輯。

向暖傳了張圖片給他。

精美漂亮的盒子裡，整整齊齊地擺放著六塊大便形狀的巧克力。

沈則木立刻明白是怎麼回事。他板起臉，氣得快升天了。

傳完照片，向暖痛心疾首地說了一句：學長，你變了。

沈則木一臉不悅地回覆：被掉包了。

向暖感到震驚：啊？

沈則木：原先不是這樣的。

向暖立刻明白他的意思了，說：嗚嗚嗚，我就知道學長不會變成神經病的，學長是世界上最後一個正常的人了……

沈則木：謝謝。

其實，有時候他自己心裡也是這麼認為的……

出於禮貌，沈則木補了一句：妳也是正常人。

向暖：學長，對不起，我辜負了國家對我的期望，我已經叛變了。QAQ

沈則木盯著她這句話，覺得不尋常。他正仔細琢磨這裡頭的意思，向暖又說話了。

向暖：所以，到底是誰掉的包？太無聊了吧？

誰掉的包？呵呵，他也想知道。

沈則木回了一句「我問問」。之後，向暖突然不說話了。

※　※　※

向暖之所以不說話，是因為她意識到一個更加嚴肅也更加尷尬的問題——

沈則木的巧克力剛剛好在今天送到她手裡，也就是說，這是表白吧？是吧是吧？

她往上找聊天紀錄，看到沈則木說的那句「就是妳理解的意思」。

真的是表白。

沈則木竟然對她表白了，在她已經移情別戀的時候。

向暖在電視上和小說裡看過很多遺憾的愛情故事，但眼前，這是她人生中第一次真實經歷傳說中的「錯過」。

我喜歡你的時候你不願意看我，當我已經漸漸將你遺忘，你又來告訴我你喜歡我。

你的「喜歡」遲到太久了啊……

向暖心裡有些唏噓和傷感。

她實在不知道該怎麼面對沈則木，乾脆退出微信，發著呆。

呆了不過一秒鐘，她就接到了楊茵的電話。『暖暖妳在幹什麼？怎麼還不上遊戲？』

「喔喔，我這就來。」

她今天是不可能迴避沈則木了，因為要五排訓練，明天正式比賽。

向暖訓練的時候有些沉默；而沈則木一向話少，今天……話更少。

聊天群組裡只有作為指揮的歪歪在講話，鄭東凱偶爾搭腔，其他三人就只是必要的時刻報點。

「報點」是比賽用語，意思是報告自己所處的位置、裝備和技能狀態，以及視野裡敵方的狀態等等。

楊茵覺得他們今晚有點沉悶。她以為是因為明天要比賽了，大家壓力太大，所以一局遊戲結束時，楊茵說：「林初宴唱首歌，活絡一下氣氛。」

「好。」林初宴清了清嗓子後開唱：「巧克力～～巧克力～～你的吻像巧克力～～」

向暖：「……」

她現在不能聽到那三個字。

沈則木突然出聲了：「換一首。」

很顯然地，他也不想聽到。

「好的。」林初宴調整了一下狀態，換一首歌開唱：「你是一塊不會膩的巧克力，我想慢慢把你——」

「夠了！」向暖打斷他。她快瘋了。「換一首和巧克力無關的。」

林初宴的聲音聽起來還挺無辜的。「今天應景。」

「應景也不許唱，我們六個都沒另一半，唱什麼巧克力啊？唱單身情歌。」

「好的，我準備一下。」

林初宴講完這句話，捂著手機別過頭笑了起來，笑得肩膀劇烈顫動。他擔心被發現，不敢出聲，忍得相當辛苦。

當然，這一切，聊天群組裡的夥伴並沒有看到。

過了一會兒，林初宴斂起笑容，開始唱單身情歌給他們聽。

聽完單身情歌，連歪歪的情緒都開始低迷了。

楊茵簡直無語，後來也不讓林初宴唱歌了。她找了歌單放給他們聽，都是交響樂，首首激情澎湃，完全沒有那些靡靡之音。

向暖聽著這些音樂打著遊戲，就感覺血液在劈哩啪啦地燃燒，特別有勁。她彷彿是一個戰士，扛著炸藥即將去炸掉學校。

於是打遊戲也正常多了，暫時忘記了那些尷尬。

這晚他們結束得比較早，楊茵要他們好好休息，養精蓄銳。

向暖現在還非常亢奮。林初宴問她還要不要玩。

「要，我們去找忘卻玩……咦？忘卻不在。」

『找虎哥吧。』

陳應虎正在打賞金賽，遊戲還沒結束。林初宴拉了個聊天群組等他。

現在聊天群組裡就只有林初宴和向暖兩個人。林初宴問向暖：『今天真的沒收到巧克力嗎？』

「沒有，不要跟我提這件事了。」

『好的。』

然後向暖聽到了林初宴的笑聲，像是刻意壓抑卻沒忍住的一聲輕笑。

儘管他的笑聲很好聽，可是現在一聽到他笑，向暖腦子裡劈哩啪啦的一陣火花帶閃電，立刻醒悟了，然後她就爆炸了。「是你？是你！混蛋混蛋混蛋！林初宴你這個大混蛋！」

『不要生氣，我唱歌給妳聽。巧克力～～巧克力～～你的吻像巧克力～～』唱得騷氣十足，十分欠揍。

「閉嘴啦，混蛋！」

林初宴趴在桌上，笑得不能自已。

他心想：妳這麼可愛，我怎麼能容忍別人把妳搶走。

向暖說：「林初宴，我再也不會原諒你！」

『我錯了，妳不要生氣。』

現在認錯為時已晚，向暖刪了他的好友。之後他打電話過來，向暖便乾脆把他的手機號碼拉黑。

氣死了氣死了氣死了！

※　※　※

這一晚，陳應虎也沒有依約前來，因為他的表哥沈則木突然上門來抓人了。

沈則木把陳應虎抓到外面，找了個烏漆墨黑的角落，然後對他一頓猛捶，並問他：「你說不說實話？」

「我、我說……就是我幹的！」

「你什麼時候掉包的？」

「你睡覺的時候。」

沈則木冷笑。難怪，陳應虎這幾天一直待在他家，晚上玩得太晚了，被阿姨留宿也不拒絕，原來一直等著幹這種事。

不怪沈則木沒有防備，實在是他做人的底線太高，沒想到人可以無恥成這樣。

沈則木深吸一口氣，忍著要掐死表弟的衝動問：「林初宴到底給了你什麼好處？」

陳應虎眼神一縮，回答：「關初宴什麼事啊？」

「不說實話？好……」沈則木說著挽了一下袖子，作勢要繼續打他。

陳應虎立刻畏懼了。「好吧好吧，我說……初宴借錢給我，我想報答他才做這種事的。表哥，請你相信，你在我心中還是很重要的。」

「沒有錢重要。」

「表哥……」

沈則木壓抑打人的衝動，繼續審問陳應虎：「他借給你多少錢？我給你雙倍可以嗎？你去幫我算計他。」

「他給了我十萬人民幣，表哥你有二十萬人民幣？」

沈則木：「……」沒有。

他是正經人，雖說家境不錯，但父母也不支持他亂花錢，所以他的存款都是獎學金。想要存夠二十萬人民幣，他大概需要上二十年的大學。

對普通學生來說，十萬塊人民幣算是一筆鉅款了。沈則木這時也顧不得意氣之爭了，他覺得十分不尋常，問陳應虎：「你要那麼多錢幹什麼？你賭博了？吸毒？嫖妓？」

「沒有沒有，表哥不要亂猜，被人聽到就不好了……我也是借錢給別人。」

「給誰？」

「可哥，她急需要錢，我的錢不夠，就又向初宴借了一點。」

「就是你那個女網友？」

「是女朋友！女朋友！」

沈則木輕輕地「哼」了一聲。雖是女朋友，其實那個女生是在網路上認識的，說她是女網友也沒什麼不對。

沈則木觀念偏保守，總覺得對方是在網路上認識的人，一下子借給她這麼一大筆錢不太妥當。

他有些擔心表弟被騙，於是問道：「你有沒有寫借據？」

「這個……怎麼好意思啊……」

沈則木「呵」了一聲，沒說話，但那語氣很明顯。

陳應虎有些不服氣，辯駁：「可哥不是騙子。」

「隨便，反正騙的不是我的錢。」沈則木說著，手插口袋轉身離開。

陳應虎看著他的背影，脫口而出：「表哥，你是不是覺得全世界都是壞人啊？」

沈則木沒回答，修長的身影漸漸融入夜色裡。

※　※　※

正月初九是向暖的舅公生日，因為舅公住鄉下，離得有點遠，爸媽一早就開車出門了。

向暖要打比賽，所以沒去，為此媽媽還抱怨她。

抱怨就抱怨吧，反正她臉皮越來越厚了。

她吃早飯時想著昨天那件事，心情還是不太好。

這時門鈴突然響了，向暖放下油條去開門。

打開門時還沒看到人，先是一大束花進入眼簾。

花是玫瑰花，有白的、粉的、黃的，一朵朵開得飽滿鮮亮，花團錦簇地擠在一起。

向暖愣了一下。

女孩子很少有不喜歡花的，何況是這麼大一束，還這麼漂亮。

玫瑰花後面傳來熟悉的聲音。「不要生氣了。」

向暖臉色一變，瞇著眼咬牙切齒說：「林、初、宴。」

林初宴默默地拉下花束。他的臉出現在花束後面，與玫瑰花相互映襯，簡直是人比花嬌。

他笑了笑說：「別生氣了，向暖。」

「你走你走你走。」向暖說著就要關門。

林初宴像條泥鰍一樣，滑不溜丟地一下子鑽進屋裡。「我不走。」還一臉無賴相。

向暖翻了個白眼。

林初宴說完這句話，還幫她關上門，可謂將不要臉的精神發揮到極致。

向暖懶得搭理他，回飯廳繼續吃飯。

林初宴跟著她來到飯廳。

向暖捏著一根油條問他：「林初宴，你說這是什麼？」

「油條。」

「錯，這東西叫林初宴。」向暖說著，狠狠地咬了一口油條，面色有些猙獰。「我咬死你，林初宴。咬你咬你咬你……」

這一刻，林初宴想到了色色的事。

他轉開臉不說話，睫毛翕動著，心裡想：流氓。

想到這裡，眼裡染了些許笑意。

向暖咬了幾口「林初宴」後，開始喝小米粥。

林初宴看到白色的骨瓷盤裡放著兩個水煮蛋，他就很精明地去洗了手，幫她把蛋殼剝了。

向暖吃著水煮蛋說：「你別以為這樣我就能原諒你。」

林初宴說：「我也沒吃早飯。」看起來有些可憐。

向暖冷笑著說：「那你不要吃，餓死了，世界上就少一條害蟲。」

林初宴厚著臉皮，自己去廚房開伙，煮了一包泡麵，還幫自己加了一顆雞蛋。

向暖好震驚。「你也太不把自己當外人了吧？」

林初宴無辜地看了她一眼，振振有詞：「阿姨說過要我不要見外，就像在自己家一樣……妳要再來一點嗎？」

「不要！」

林初宴煮好泡麵端到桌上，看到向暖早飯剩下半根油條，於是筷子一伸，夾過來在自己的碗裡泡了一下，然後開吃。

「喂……」向暖好無語。「那是我咬過的。」

林初宴一愣。「妳不早說。」然後繼續吃，毫無壓力地吃。

向暖臉上一陣熱，起身走了。

她越想越氣不過。為什麼林初宴可以一次又一次地欺負她，現在還跑到她家來撒野？簡直是太囂張了。

不行，她一定要欺負他一次。

過了一會兒，向暖跑進廚房，路過飯廳時對林初宴說：「我幫你泡杯茶。」

林初宴受寵若驚。「啊？好。」

向暖往玻璃杯裡加了鹽、醬油、米醋、芥末膏、辣椒油，然後用水一澆，攪拌均勻……接著又切了片檸檬放在杯緣，可說是十分清新。

她把這杯東西放在他面前說：「喝吧。」

林初宴一聞氣味就感覺不太對，喝一口，那味道刺激得讓他快要靈魂出竅了。

向暖見他掩著嘴瘋狂咳嗽，臉都有些扭曲了。她幸災樂禍地說：「好喝嗎？」

林初宴沒說話，只顧咳嗽。

向暖：「把這些都喝掉，我就原諒你。」

林初宴擦了擦嘴，垂眼看著這杯彷彿來自地獄深淵的飲品。他微不可察地嘆息一聲說：「妳要我做什麼我都會做。」

向暖竟然有些悸動，就因為他說這句話時溫柔寧靜的語氣。

緊接著她在心裡鄙視自己：那是個神經病！神經病！

但是，眼看著他端起杯子，閉著眼睛視死如歸的樣子，她終究還是心軟了，說：「算了，不要喝了。」

林初宴放下杯子，眼裡帶笑地望著她。

向暖迎著他的明亮目光，屏住呼吸。

她低下頭說：「你不要得意，我是怕你食物中毒，會影響等一下的比賽。」

「嗯，我知道。」

※　※　※

他們今天的第一場比賽在上午十點開始。

向暖和林初宴坐在書房裡，兩人都進了聊天群組，於是聊天群組的夥伴發現他們倆講話時的聲音是雙重的。

「你們在一起？」歪歪問道。

林初宴「嗯」了一聲。

歪歪突然有點同情自己的死黨沈則木。沈則木跟他要過向暖的地址，看樣子是打算寄東西給向暖，結果寄完東西，向暖就和林初宴越走越近了……

嘖嘖，心疼。

但不管怎麼說，那些花邊八卦都先放一邊，現在要專心比賽。

南山體院與他們往日有仇，近日仇恨擴大，這一戰牽動著兩校學生的目光，搞得歪歪感覺肩上擔子好重，不只是金錢，還關乎榮譽。

戰鬥很快打響，雙方先進入禁選英雄的環節。

體院選的全是前期凶猛的英雄，諸葛亮、虞姬、達摩等等。

向暖他們訓練的時間有限，英雄池又淺，不可能把所有陣容都練習到，他們一直練的是偏後期的陣容。就算遇到前期凶悍的對手，他們能拿出手又玩得好的依舊是那幾個，陣容整體上偏後期。

現在向暖拿的是老夫子，林初宴的法師是不知火舞，沈則木的射手是馬可波羅。

楊茵一直在聊天群組裡指導他們禁選，等到所有英雄都鎖定好時，楊茵說道：「這樣的陣容，你們前期會被壓制得很辛苦。只要穩住，拖過他們的強勢期，等到你們發育起來，團戰時他們就不是對手。」

在正規的賽事中，教練會在禁選環節指導隊員，進入遊戲時，教練就要退場了，不可以和隊員有交流。

現在楊茵說完這些話便不再發聲。雖說沒人監督她，但這點職業道德她還是有的。

遊戲開始後幾分鐘，向暖發現楊茵剛才說的那些話完全是對這局遊戲整個前期的預測。

對手打得凶狠又犀利，先是來向暖他們野區反了個藍Buff，優勢開局，接著打野配合諸葛亮抓死了一次不知火舞，然後藉地理優勢搶下第一條小龍，全員到達四級，等級和經濟都領先。他們靠這份優勢逼了一波團戰，收了馬可波羅的人頭，優勢進一步擴大。

本來就是前期強勢英雄，現在又處於經濟領先，那效果可想而知。
漸漸地，時光戰隊三路全崩。
向暖的老夫子是個單兵作戰能力很強的英雄。她游離在戰場外，拆了兩個防禦塔，而他們自家的呢？九個防禦塔全部告破！
現在自家只剩一個光禿禿的水晶了，而他們的強勢期還沒有到！
向暖被打得張口結舌。怎麼會打成這樣呢？隊友總是被抓，團戰總是輸，坦克弱不禁風，法師和射手打不出傷害，好像大家都是紙糊的一樣……
她有些急躁了，一次團戰中，在己方的法師和射手已經陣亡的情況下，她來得晚了。本來最好的方式是避戰撤退，可是她不顧一切地衝進敵人後方，想要捆住諸葛亮。
諸葛亮身姿靈活，躲開了。老夫子自己身陷敵營，沒能活著出來。
怎麼辦？我太糟糕了，怎麼打成這樣……她沮喪得要命。
耳邊突然出現一個聲音，溫和平靜。「能贏的。」
向暖抬眼，看到坐在對面的林初宴。
林初宴垂眼盯著螢幕，又說：「穩住就能贏。」
向暖冷靜下來，低頭看一眼戰場情況……她覺得他們不一定能穩住。
所謂「拖到後期就能贏」需要一個大前提，那就是——敵人給了你拖到後期的機會。
現在對手打得很凶猛，三路高地全拔掉，經濟領先一大截，只要下一波兵線上來，他們就有能力推水晶了，怎麼會給對方拖的機會？

經過剛才那波團戰，對手還有三人活著，而時光戰隊的泉水裡已經躺了四具屍體。喔，五具了。鄭東凱的阿軻因為裝備太差，沒能收割成功，也躺回來了。

「沒有兵線。」林初宴的聲音還是那樣平靜。「他們會去打主宰。」

打主宰，這無疑是雪上加霜。打完主宰，體院戰隊能夠獲得三個波次的主宰先鋒，兵分三路衝向水晶。向暖覺得他們不太可能守得住。

時間。他們需要時間，需要拖下去的時間。

林初宴話音剛落，第一個復活了。他操縱不知火舞直接出門奔向主宰的位置，看一眼右上角的復活倒數計時，下一個復活的會是沈則木的馬可波羅，很快。

「大鳳梨守家。」林初宴說。

「不要叫我大鳳梨。」沈則木提了一點意見。

「小鳳梨守家。」

沈則木：「……」大鳳梨還是滿動聽的。

向暖本來又緊張又沮喪，這下被林初宴逗笑了，說道：「林初宴你這個神經病。」

林初宴笑了一聲，沒說別的。

向暖知道林初宴想做什麼——他要單槍匹馬去搶主宰了。如果搶到主宰，能幫他們爭取到一點發育的時間；搶不到的話，不知火舞自己大概也難逃，大家一起玩完吧！

不知火舞在路上停了停，然後才靠近主宰。藉著隊友視角，向暖看到敵方三人果然在打主宰，此刻主宰被打得只剩殘血了，不知火舞一個扇子扔過去。

系統提示：不知火舞擊敗了主宰。

啊啊啊啊啊！搶到了！

向暖一顆心高高地拋起，激動地幾乎要跳起來。她感覺自己的血液在奔騰，在怒吼，在叫囂。

嗚嗚嗚，她好想把林初宴這個小妖孽抓過來親一口！

第四十五章

在王者榮耀職業賽場上，有個說法叫「主宰五千定律」，意思是拿下主宰的一方短時間內掌握各方面的主動權，在經濟運營上能夠獲得大概五千金幣的領先。如果是優勢方拿下主宰，則能夠進一步擴大優勢；如果是劣勢方拿到主宰，則有機會將經濟劣勢補平，甚至逆轉。

眼下林初宴搶到的這個主宰對向暖他們來說太關鍵了。他們總算從對方的壓制和逼迫中得到喘息的機會，追上一些經濟。更重要的是，等主宰先鋒過完，不知火舞和馬可波羅的裝備總算有些像樣，他們即將迎來自己的強勢期！

儘管時光戰隊在防禦塔方面依舊處於絕對的劣勢，但隨著時間推移，勝利的天平開始逆轉了。

一局遊戲拖到後期，防禦塔的數量對比已經不太有意義。因為這時候各個英雄的傷害量都很高，推塔速度特別快，輸贏也就只是一波團滅的事。

這局遊戲打到後期，對面峽谷第一帥的諸葛亮漸漸有些疲軟，彷彿一個「老婆要太多，身體撐不住怎麼辦」的中年男人。這是沒辦法的事，英雄特性擺在那裡，每個英雄都有其強勢期，過了強勢期，對比之下的影響力就會衰減。

楊茵認為在同等操作水準的情況下，如果拖到後期且經濟差距不是特別大，向暖他們這個陣容團戰的贏面在七成以上。而且透過剛才的觀察，她認為時光戰隊的操作水準高於對手。所以，這局遊戲最終得以在大逆風的情況下翻盤。雖然令對手大感意外，不過一切都是在情理之中。

時光戰隊先下一局。

向暖去了一趟洗手間，回來時看到林初宴泡了兩杯柚子茶端上來。

他真的完完全全像在自己家一樣……

向暖有些傻眼，接過杯子摸了摸，溫度剛剛好，一點也不燙手。

「現在可以喝。」林初宴說。

向暖喝了口柚子茶，又甜又暖，帶著點柚子的香氣，流進胃裡有說不出的舒適。

她捧著杯子，隔著杯口偷看他。

林初宴戴著耳機，正低頭看手機，窗簾間透進來一縷陽光，穿過他額前微微捲翹的髮梢，落在他的臉上。

他低眉善目，神色寧靜。

向暖覺得自己好像在看一幅畫。

林初宴感覺到她的注視，突然抬起眼看她。

向暖連忙移開視線，心虛似的端著柚子茶咕嚕咕嚕……喝得相當豪邁。

林初宴牽動嘴角。

雖說喜歡卻得不到回應是很遺憾，但有時候他又覺得能待在她身邊就是幸福的。

※　※　※

第二局，雙方都選擇禁掉或者搶先拿掉對方第一局發揮出色的英雄，林初宴就沒能拿到不知火舞，鎖了一手貂蟬。

向暖的老夫子也被敵人搶走了，所以她選了關羽。

關羽是版本強勢，在保人、支援、團戰時切割陣型等方面都很有用，用得好就有奇效。當然，用不好就是一頭野驢。

向暖這局關羽打得不好也不壞，但他們這局比上一局打得容易一些。很顯然敵方的英雄池比較淺，諸葛亮和達摩都被禁了，他們打不出第一局的氣勢，第二局從開局就有些萎靡不振。

時光戰隊始終處於領先，直到比賽結束，體院也沒能翻盤。

就這麼贏了。

向暖靠在椅子上長舒一口氣，傳訊息給閔離離：贏了耶。

閔離離秒回：是嗎？我去發文，耶耶耶！

向暖：妳不想知道我是怎麼贏的嗎？

閔離離：哈哈，少女妳想太多了。

向暖：＝＝

戰勝體院，這才剛剛開始。

他們省一共有七十多所大學報名比賽，第一天要打四場，決定八強，第二天打三場，決定總冠軍。

時光戰隊之後的比賽還算順利。

他們畢竟是經過專業和系統化的訓練，相較於那些鬆散的門外漢，打得更有章法，配合也更好。雖沒有職業選手那樣的戰鬥素養，但也夠在這種等級的比賽當中橫行了。

打著打著，就打進了決賽。

林初宴在正月初九下午打完當天的比賽後回家了。其實在他們比賽結束前，向暖的爸媽就回來了。任丹妍熱情地留下林初宴吃晚飯，但向暖覺得等林初宴吃完晚飯天就黑了，搞不好又要睡她家。而林初宴留下來，她很難保證會不會對他做出什麼事，於是堅持把他送走。

正月初十的決賽，五個人全部線上連麥開黑。

他們決賽要對陣的戰隊有個很霸氣的名字——獠牙戰隊。

第一局比賽，獠牙戰隊選了露娜，向暖沒太當一回事。之前也有碰過玩露娜的，露娜這英雄在當前版本裡不算強勢，所以並不可怕。

但是今天的露娜有點可怕。

不，是太可怕了……

這個露娜不算凶，但特別穩，總是能清晰地判斷局勢，該出現的時候出現，該撤退的時候撤退，操作精準，走位風騷，能一個人搞得對方五個人不得安寧。

露娜是一個很容易秀起操作的英雄，許多人玩露娜收不住性子，玩著玩著就變成花式表演，和隊友的配合脫節。

然而這個玩家不是，露娜在他手裡一直很穩。

這是最難得的。

這樣的露娜讓向暖莫名有一種熟悉感。

她在公頻上打字問：是你嗎？

大概過了有一分鐘，那個玩家抽空回覆了。

一口獠牙：嗯。

「忘卻！他是忘卻！」向暖激動地說道。

歪歪問：「忘卻是誰？」

「一個大神，玩露娜特別厲害，我們這局、這局……」向暖覺得他們要輸了，但她不好意思說出來打擊士氣，只說了：「我們好好打。」

再怎麼好好打，這局還是輸了。

第二局禁選時，向暖說：「聽我的，禁掉露娜、宮本武藏、李白，這是忘卻最擅長的三個英雄。阿軻他玩得也不錯，我們先搶掉阿軻。鄭東凱你這局用阿軻沒問題吧？」

「當然沒問題。」

歪歪有些遲疑：「妳確定？禁宮本武藏？宮本都被削殘了，沒必要禁吧？」

他這樣一說，向暖也有些遲疑了。

楊茵開口：「照暖暖說的做。」

如果一個玩家夠厲害，再弱的英雄到他手裡也能大放異彩，所以能禁的一定要禁到位。

忘卻在獠牙戰隊處於核心地位，這樣被針對，他們整個隊伍的實力大大削弱，後面兩場比賽像被砍掉腿一樣，打不動了。

就這樣，時光戰隊讓一追二扭轉戰局，獲得了決賽冠軍。

嗯，一萬塊人民幣獎金到手。

向暖在聊天群組和夥伴們慶祝了一會兒，就在忘卻的微信留言：你不是上班族嗎？怎麼又來打大學聯賽？原來之前是打工啊？我們兩個學校在同一個省耶，離得不算遠。

過一會兒，忘卻回了語音訊息：『我幫我國小同學打，贏了獎金分我一半。』

向暖回了一串長長的省略號。

忘卻：『你們打得挺好的。』

向暖：還不是因為禁了你的英雄。話說，今天都初十了，你怎麼不用上班？

忘卻：『我不能上班了。』

向暖：為什麼啊？

忘卻：『工地新買來一具搬磚的機器，老闆要我們過完年就不用去了。』

向暖：…………

向暖：等等，什麼叫搬磚的機器？

忘卻傳了一段影片給她。影片中，一具機器正在工作，一隻機械手將地上的磚塊抓起來移到一台車上，整整齊齊地排好。

向暖立刻明白了，傻眼地回忘卻：大神，你說的搬磚是真的搬磚啊？

忘卻：『嗯，我沒必要騙人。』

向暖：是我理解錯了。(⊙﹏⊙)b

她一直以為「搬磚」就是工作的代稱，卻沒想到會遇見這麼實在的小哥。

向暖：那你現在怎麼辦？

忘卻：『我不知道，等過完十五再說。對了，我寄點湯圓給妳，是我媽自己做的。』

向暖有些受寵若驚，立刻傳了地址，又狗腿地說：謝謝大神！

忘卻：『不用客氣，我也寄給初宴了。』

初宴初宴，怎麼哪裡都有初宴……

※ ※ ※

晚上向暖他們沒訓練，她和林初宴跑去找虎哥玩。

陳應虎正在直播，直播間的觀眾聽到那兩人要來，一片歡呼。

陳應虎問：「你們到底是來看誰的？」

彈幕的回答很一致：

——當然是來看我暖暖小仙女的，你算老幾。

——當然是來看我初晏哥哥的，你算老幾。

——我是來看人秀恩愛的，虎哥，你算老幾。

——只有我是來看表哥的嗎？虎哥你表哥呢？喔，對了，你算老幾。

陳應虎說：「你們不喜歡我，我就唱歌給你們聽。」

彈幕一堆表白說喜歡虎哥的，求虎哥不要唱歌。

陳應虎冷笑。

向暖和林初宴進入隊伍後，向暖說：「虎哥，我可以再拉個人嗎？」

「可以。誰？」

「一個朋友，露娜玩得超棒。」

「呵。」陳應虎的笑聲是誇張的輕蔑。「敢在我面前玩露娜？好，我要看。」

忘卻進入隊伍後，他們就有四個人了。陳應虎想了一下說：「不然我再拉個人五排吧。我們打高分局，讓這幫傢伙開開眼界。」

「這幫傢伙」指的是直播間裡那些說不清是真愛粉還是黑粉的傢伙們。

陳應虎從好友名單裡找了找，拉了沈則木。

高分局五排車隊比較少，他們排了五分鐘才排到隊伍。進遊戲禁選英雄時，向暖說：「我打輔助吧。」

沈則木突然開口了：『我打輔助。』

咦？他是吃錯了什麼藥？他可從來沒打過輔助。

向暖於是繼續打上單；林初宴中單；陳應虎射手；忘卻用露娜打野。

沈則木選了大喬。

一開局，大喬先是跑去中路蹭了林初宴的兵線。輔助的基本素養就是在前期不要蹭隊友的兵線，要保證隊友的正常發育。

但是這個大喬沒在管。

大喬蹭完中路，又跑去下路蹭射手的兵線。

陳應虎說：「表哥，你怎麼了，表哥？」

表哥沒說話，只是默默地往地上畫了個圈。

陳應虎：「沒人要回家。」

大喬小美女自己站在圈裡，回家了。

陳應虎說：「你是來演戲的吧？」

他猜得沒錯，沈則木就是來當演員的。

後來大喬又把團戰中的林初宴和陳應虎送回家。把選裝備的陳應虎送回家，看到林初宴剩下絲血，大喬往地上畫了個圈。

嗯，畫在敵方的防禦塔下。

林初宴假裝沒看到，自己充技能回城。

陳應虎說：「表哥你怎麼了！」

沈則木「呵」的一聲說：『你說我怎麼了？』

陳應虎心虛地閉嘴了。

這簡短的對話讓直播間的觀眾無法冷靜了。許多人開始妄想表哥表弟CP，然後展開了開黃腔競賽。陳應虎掃了彈幕一眼，看到有人要他「脫光了讓表哥消消氣」……什麼鬼！

向暖也有些不冷靜了。她拉忘卻來陳應虎的直播間玩，並不是為了來送死，她有一點目的。

「學長，拜託了。」向暖弱弱地說了一句。

這句話很有效，沈則木終於沒再表演了。

這局遊戲最後還是贏了。戰績結算時，向暖看到忘卻是全場MVP，傷害量也很高，比林初宴和虎哥還要好。
彈幕都在刷「虎哥躺著贏」。
向暖很為忘卻高興，說道：「虎哥你要加油啦。」
陳應虎說：「這個露娜還可以，勉強有我兩成的水準。」
之後他們又打了幾局。今晚忘卻的露娜一共出場五次，贏了四次，勝率達到百分之八十。
不要小看這個數字，高分局五排可沒有一個是菜的。
而且贏的這四次，露娜都是MVP，輸的那場也是本隊的MVP。
陳應虎最後也是服氣了，說道：「你這個露娜不錯。有沒有興趣來豌豆TV直播？」
忘卻說：『我不行的。』
「哦？哪裡不行？」
『我話少。』
他這句話說完，直播間就被「哈哈哈」洗版了。
忘卻這樣講倒沒有嘲諷的意思，他只是在說一個客觀事實。話多是一個主播的基本素養，某些時候這個素養的重要性甚至超過操作和技術。有些人來你的直播間未必是為了看遊戲，也許只是想聽你囉嗦。
向暖問陳應虎：「虎哥，你認識打職業的人嗎？」
陳應虎笑了。「我認識一百個打職業的。」

沈則木說：『他被一百個打職業的勸退過。』
彈幕又開始刷「哈哈哈」、「表哥幹得漂亮」之類。
向暖捏一把汗，問道：「那職業戰隊還有在招人的嗎？你不覺得忘卻挺厲害的嗎？不打職業多浪費人才啊！」
忘卻問：『有薪水嗎？』
「我去問問。各大戰隊的青訓隊一直都在招人，不過那是二線，不一定有機會露臉。」
「當然有，又不是黑磚窯專門買智障工人。」
忘卻說：『有薪水就可以。』
陳應虎有些擔心他。「你這……好歹也挑一下啊。」
事情終於有了眉目，向暖很為忘卻高興。

※　※　※

這晚下了遊戲，林初宴傳了語音給忘卻，語氣幽幽的透著一股涼氣。
林初宴：「向暖對你滿好的。」
忘卻：『我只說要寄點湯圓給她，沒說別的。不過她人滿好的。』
忘卻：（圖片）

林初宴：「我對她是什麼意思，你知道吧？」

忘卻：『我知道啊，你放心，朋友妻不可欺，這點人性我還是有的。』

「朋友妻」三個字讓林初宴心情有點愉悅。他要忘卻把向暖的備註改成「初宴的老婆」，截圖給他看，然後雙方滿意地互道晚安。

忘卻有點好奇，問林初宴：『那個虎哥的表哥是不是你的情敵？我看他有點針對你。』

林初宴：「我的情敵不是沈則木。」

忘卻：『哦？那是誰？』

林初宴：「是王者榮耀。」

忘卻……節哀。

※　※　※

校際聯賽的大區賽在正月十二進行，每省的第一名會進入大區賽，每個大區有八支隊伍，一天之內決定出冠軍。

從大區賽開始就都是線下賽了。向暖他們大區的比賽地點是南山市。賽事主辦方的經費比較吃緊，不能提供飯店，所以向暖打算住學校。

她提前一天出發，自己坐長途巴士去南山市。她在路上時，林初宴問她的行程，說要來接她。

向暖摸了摸自己的大波浪髮型，在包包裡翻了半天，找到一個舊橡皮筋紮起來。

她不會給那傢伙第二次嘲笑她髮型的機會。

向暖下車時，看到林初宴剛好站在巴士門口，正仰著臉往車裡看。他發現了向暖，朝她笑了笑，眼睛微微瞇起來，彷彿有光落進他的眼裡。

那一刻，向暖的心情有點蕩漾。林初宴一對她笑，她就蕩漾，就像生物課本裡寫的那樣，狗一聽到鈴鐺響就會流口水，都是條件反射。

林初宴把向暖的行李箱拿出來，看到她揹著背包，就抓著背包的背帶掂了掂，然後不容分說地拿下來揹在自己肩上。

「又不重。」向暖小聲地說了一句，心口有些熱。

林初宴只「嗯」了一聲，依舊揹著她的背包、拉著她的行李。下車的人挺多，來來去去有些擁擠。林初宴看到有人要撞到向暖，便扣著她的肩膀把她往自己身邊拉了一下。

向暖被他的手臂圈著，身子一僵，埋著頭不說話。

林初宴察覺到她的異常，連忙放下手說：「走吧。」

他把她帶到一輛騷氣十足的紅色法拉利面前。向暖眼睛一亮地說：「哇，好漂亮……林初宴，這是你的車嗎？」

「不是。」

「那我們走吧。」向暖扯了一下他的袖子。「看看就可以了。」

林初宴哭笑不得。「是我爸爸的，上車。」他說著把行李箱放進前置儲物箱裡，一邊問道：「背包妳要用嗎？」

「不用。」

「嗯。」那就和行李箱放在一起了。

向暖坐上車，繫好安全帶後問林初宴：「你把車開出來，你爸爸知道嗎？」

「知道。」

林初宴不得不承認單相思也是有福利的。自從爸爸知道他暗戀一個女孩子卻求而不得，就表示爸爸的車可以隨便開，弄壞了也不用賠錢。爸爸原來的意思是：「畢竟是我兒子，不忍心看你打光棍。唉，可憐天下父母心。」

話雖如此，爸爸在金錢方面依舊對他嚴防死守。媽媽想包個一萬塊人民幣的紅包給他作為戀愛贊助金，都被爸爸否決了。

唉，媽媽什麼都好，就是有個缺點——太聽老公的話了。正常情況下，難道不應該一意孤行偷偷給錢嗎？慈母多敗兒，電視上都是這麼演的，我作為兒子已經盡力去敗了，妳作為慈母就有點不用心了……

「聽一下音樂吧？」向暖如此建議。

林初宴收起思緒，打開音樂。

第一首歌竟然是《喀秋莎》。坐法拉利聽《喀秋莎》，有點好玩。向暖跟著音樂輕輕點著頭，林初宴斜著視線看她，抿了抿嘴問：「要去學校嗎？」

「對啊。」

「好。」

車子駛出停車場，上了路，林初宴開得很穩。等紅燈時，他對向暖說：「上學期你們鳶池校區鬧鬼的事，妳有聽說嗎？」

向暖看過那篇貼文，說得活靈活現的，還有人親身證明呢。

「你不要說啊。」向暖隔著衣服摸了一下手臂。好不容易才把這件事忘了。

「好，我還以為妳會怕。」林初宴緩緩說道：「現在還沒開學，整棟宿舍都沒什麼人。妳一個人住一棟樓，暖氣也沒開，晚上又黑又冷，叫天天不應，叫地地不靈……」

「林初宴，你閉嘴！」

「好，抱歉，我只是擔心妳會怕。」林初宴語氣好真誠。「妳不怕，我就放心了。」

「我……」

「說實話，要是我，我也可能會怕。向暖……」他說著轉頭望了她一眼，滿臉都是讚許。

「妳真勇敢。」

「我……」其實有點怕啊……QAQ

但是林初宴都這麼誇她了，她又說不出口。

林初宴把向暖送進她的宿舍。宿舍裡空蕩蕩的，果然很冷清。走在走廊上，他們腳步聲的迴響特別大，感覺好嚇人。

他把向暖送到她的宿舍房間門口，把背包遞給她，等著她掏鑰匙。

向暖遲遲不肯動作。

「怎麼了？」林初宴明知故問。向暖低著頭，並沒有看到他眼裡促狹的笑意。

向暖糾結了一陣，終於說道：「我去住飯店吧。」

林初宴沉吟了半晌，說：「算了，妳還是住我家吧。我家房子多。」

這話說得……向暖感到傻眼。「你家是地主啊？」

林初宴笑著說：「不是。」

他拉著行李和她又走出宿舍。離開宿舍後，向暖感覺精神放鬆多了。

路上，林初宴問向暖想住在哪裡，是學校附近還是體育場附近，或者鬧區附近，搞得好像整個城市的房子都是他家的。

向暖反問：「你住哪裡？」

林初宴低聲說：「妳想和我住一起啊？」

向暖的臉一下子紅了，別開臉說：「你別亂講啊，我是怕會麻煩。」

林初宴心想：那就是想和我住一起。>_>

林初宴並沒有告訴向暖，她無論想住哪裡都不會麻煩。

他把她帶到他們一家三口目前住的地方，那是近郊一個依山傍水的別墅社區。別墅社區修得雅致漂亮，社區裡流水潺潺，松竹間生，開著梅花和迎春花，桃花吐了花苞，有些心急的已經開了零星幾朵。

林初宴告訴向暖由於地勢，別墅社區所處的地方比南山市其他地方溫度稍高，春天來得更早，再過幾天，他們就可以去看山桃花了。山桃花一眼看不到邊，像粉色的山跟海。

向暖心生嚮往。

林初宴停好車，帶向暖進家門。現在他爸媽都不在，他讓她坐在客廳裡，然後幫她拿了些吃的喝的。

他見向暖眼珠子轉來轉去不停打量客廳，於是問：「妳要參觀一下嗎？」

「好啊。」

林初宴帶她看了看房外各處，然後讓她看他家養的魚、他爸收藏的古董、媽媽收藏的字畫。對於後兩樣，向暖竟然大部分都能說出個門道，比林初宴懂得還多。

林初宴有些意外，挑起眉看她。

「我爸也喜歡這些。」向暖解釋：「有一次我弄壞了一個鼻煙壺，他還要打我呢。」

「哦？打了嗎？」

「沒有。」

林初宴便笑了笑說：「怎麼捨得打呢。」

他笑得那麼溫暖柔和，看起來脾氣好好喔……向暖有點看呆了。

然後林初宴帶她到他的書房。

林初宴的書房很大，擺著三個書架，其中兩個書架上都放著書。向暖看到有那麼多書，搞得好像林初宴經常看書的樣子，便感嘆道：「林初宴，你裝得還挺像那麼一回事的。」

林初宴覺得自己在向暖心裡的形象可能存在一點問題。

「這些書我都會看。」他說道。

「你別解釋了，我懂。」

第三個書架上放的是一些雜物和擺飾，有木頭做的船、飛機、坦克、風車、機關槍等。

向暖湊近了看，覺得這些東西做得精緻又逼真，不過保留著一些手工的痕跡，不像是買來的成品。她問林初宴：「這些是你自己做的嗎？」

「嗯。」

「是買拼裝模型，自己拼的？」

「不是，是我做的。我買了木頭，零件都是我自己一個一個刨出來的。」

向暖聽了，轉頭默默看著他，滿臉寫著「我就靜靜地看著你吹牛」。

林初宴感到傻眼，從書架最下層的格子裡拉出一個箱子。打開箱子，裡面是他做木工的工具，刨刀、銼刀、小榔頭、捲尺……滿滿一箱。

向暖看著這些工具，一臉震驚地說：「林初宴，你上輩子一定是個木匠。」

林初宴看著她的臉，眼裡帶了點笑意，輕聲說道：「妳喜歡什麼，我可以做給妳。」

可能是因為他這樣壓低聲音講話時自帶勾引人的氣質，向暖莫名覺得心裡一陣甜。她感覺自己實在是太花痴了，有些不好意思地低著頭說：「你什麼都會做嗎？」

「可以試試。」

「那你幫我做個小房子吧？」

「好。」

向暖覺得不妙。林初宴只說這一個字就讓她心裡冒粉紅泡泡，真沒出息啊。

她轉身走到那兩排書架前，抽了一本叫《人工智慧的未來》的書，裝模作樣地坐在書桌旁開始看。

向暖低著頭，才看了一頁就發覺頭髮散落下來。她往後腦摸了一下，發現是髮圈斷了。她呆了一下，抬起頭，發現林初宴在看她。

她有些尷尬。

託林初宴的福，現在向暖在他面前披著波浪捲的頭髮就渾身不自在。她朝林初宴眨了眨眼睛，問道：「你家有髮圈嗎？類似這種的。」

林初宴跑到他爸媽的房間，從媽媽的梳妝盒裡拿了一小袋髮圈給她，還貼心地帶了一把小梳子來。直男並不懂這樣的髮型是不需要梳子的。

向暖紮頭髮時，林初宴一直盯著她看。她被盯得一陣不自在，臉有點熱，也不知道看起來會不會奇怪。紮好頭髮，向暖看著多餘的髮圈和小梳子，突然有一個大膽的想法。
「林初宴。」向暖笑咪咪地喚他。
「幹嘛？」他看到她笑，也跟著笑。
「這大好時光，我們做點有意義的事。」
「什麼？」林初宴輕聲問道。他聽到了自己的心跳聲。
「我幫你綁頭髮吧？」
「……」
林初宴的臉僵掉了。他的確是一個好吃懶做不上進的紈絝子弟、負面教材，但他也不認同綁頭髮算是有意義的事。負面教材也是有底線的。
「你就讓我幫你綁吧。」向暖的手伸過去扯了扯他的袖角。「我好喜歡綁頭髮，但我媽都不讓我幫她綁。求求你了……」
向暖用那麼柔軟的語氣求他，他要怎麼拒絕？拒絕不了。
林初宴背對著她坐在椅子上，低著頭輕聲嘆息：「到底誰是誰的小奴隸啊。」
「你說什麼？」
「沒什麼。」
「林初宴，你喜歡什麼樣的髮型呢？」
「我喜歡現在的髮型。」

「換一個。」

林初宴自暴自棄地說：「隨便妳玩。」

向暖幫林初宴綁了五條馬尾，頭頂上三條，後腦勺兩條。他的頭髮太短了，要綁馬尾不容易，她已經竭盡全力了。

很遺憾，林初宴的書房沒有鏡子。向暖用手機拍了照片給他看。照片裡，林初宴一臉生無可戀的樣子。

「刪掉。」他說。

「好，刪掉刪掉。」向暖看林初宴表情好鬱悶，於是哄他：「我對你做了一件壞事，現在你也可以對我做一件，我們扯平。」

林初宴笑了，牽著嘴角直勾勾地看著她：「妳自己想想妳說的話。」

向暖一愣。

林初宴：「是不是在耍流氓？」

向暖回味了一下自己說的那句話。她本來沒別的意思，但是被林初宴一提醒，呃，什麼叫做壞事，做什麼壞事……不能細想了……

她臉爆紅，丟掉梳子低頭說：「林初宴你這個神經病。」

林初宴舔了一下嘴角，看著向暖紅通通的臉蛋。這一刻，他確實有想對她做點壞事的衝動，但他克制住了。

阻止他做壞事的並不是紳士風度或者別的什麼，純粹是他那一頭的馬尾。

林初宴無法接受自己在綁著五條馬尾的狀態下，和喜歡的女孩子接吻。那可是初吻，一旦親下去就是一輩子的心理陰影。

兩人都沒說話，氣氛一陣尷尬。

不過也沒尷尬太久，因為書房的門突然被人推開了。

他們倆意外地往門口望，門外的人也在看他們。那個人一眼看到林初宴一頭的馬尾，似乎受到了不小的驚嚇，直接爆粗口了：「哇靠！何方妖孽！」

中氣十足的聲音把向暖嚇了一跳。她覺得有些奇怪，眼前這位大叔從相貌到聲音都讓她有種熟悉感。

林初宴慢悠悠地拔下頭上的髮圈，一個，一個，又一個。他一邊拔一邊喊了聲：「爸。」

林雪原真的不想承認眼前這妖孽是他兒子。

他板著臉走進書房，視線一偏才定睛去看房裡的另一個人。

向暖覺得這位叔叔凶巴巴的。她有點怕，不敢看他，小聲說道：「叔叔好。」

林雪原：「……」

他想到他當初第一次見到這女孩就把人家嚇到了，現在因為看到倒楣兒子鬧事，一時有點暴躁就又把人家嚇到了……林雪原心虛又慚愧，又有一點小小的僥倖心理，希望這女孩記性不好，不要認出他。

他心虛，向暖也心虛呢。跑到人家家裡把人家兒子搞出一頭的馬尾……多欠揍啊。

林初宴拔完髮圈，隨意撩了撩頭髮，讓髮型變回了中分頭。不過由於剛才亂綁頭髮，現在髮型有點怪，像個長歪了的大甜瓜。

林初宴神色鎮定地說道：「爸，這是向暖。」

「妳好。」林雪原朝向暖點了點頭。他盡量使自己的語氣和藹可親，彷彿一個有耐心的幼稚園教師。林雪原說：「我只是來找把榔頭，不好意思，沒打擾到你們吧？」

「沒沒沒、沒有。」向暖講話有點結巴。奇怪了，為什麼連講話結巴都感覺好熟悉……

林初宴彎下腰將自己的木工箱拉出來，打開讓爸爸隨便挑。他覺得奇怪便問道：「你要榔頭做什麼？」

「樓下有隻小貓鑽進花瓶裡出不來，我想必須把花瓶敲碎。」林雪原提著榔頭，氣場突然變大。他說：「你張姨的兒子生病住院，今晚不能過來做飯，所以晚飯由我做給你們吃……向暖，晚飯留在這裡吃，別跟叔叔見外。妳想吃什麼，跟叔叔說。」

「謝謝叔叔。」

「好，你們聊，我去解救那個智障貓。」

目送爸爸離開後，林初宴對向暖說：「我爸做飯挺好吃的，不過他太忙，不常做。」

另一方面，林雪原提著榔頭走到樓下，第一時間就打電話給越盈盈：「老婆，妳快回來，初宴把他的小媳婦帶回家了！」

越盈盈本來在和一個女畫家喝下午茶。女畫家有才華又有個性，越盈盈很欣賞她，沒意外的話今年會把她簽進自己的畫廊。

接到林雪原的電話後，越盈盈把女畫家丟下，迫不及待地回家了。畫家再有才能，也沒有兒媳婦重要。

當然，越盈盈心裡知道此處的「兒媳婦」還只是她家初宴的一廂情願。不管怎麼說，她一定要第一時間去看看那個小美女。

※　※　※

回到家一進門，越盈盈看到林雪原在客廳開著筆記型電腦處理公事。客廳是個好地方，方便隨時觀察別人的動向。

越盈盈脫下大衣、放下包包，走到林雪原身邊坐下，接著問他：「怎麼樣？那個女孩還沒走吧？」

「妳怎麼這麼快就回來了？妳超速嗎？」

「沒有沒有，今天紅燈少……初宴呢？他帶回來的女孩呢？」

林雪原的眼神有點意味深長。「在看電影呢。」

「哦？在哪裡？外面還是家裡？」

「地下室。」

「地下室好，地下室好。」越盈盈覺得初宴的進展超過預期，她有些高興，然後看到老公在皺眉頭，於是問：「你怎麼看起來不開心啊？」

「我是覺得初宴他……」林雪原說著指了指自己的太陽穴。「這裡出了點問題。」

「什麼意思？」

林雪原湊到她耳邊，悄悄跟她講了。

越盈盈聽完也感到有些擔憂。「他怎麼這麼傻啊？被女孩看到那個樣子，人家不會嫌棄他嗎？」

「就是說啊，太傻了。」

「你有照片嗎？給我看看。」

「沒有……」

越盈盈有點遺憾，緊接著又說：「你猜，他們現在在看什麼電影？」

林雪原一笑：「這還用猜嗎？肯定是愛情電影。」

※　※　※

林雪原說的沒錯，林初宴他們確實在看愛情電影。

電影的名字叫《怦然心動》，是一部很經典的愛情電影，青澀又純情。

地下家庭電影院封閉而昏暗。這樣的空間裡，人和人之間的距離會被黑暗緩慢侵蝕。林初宴坐在向暖身邊，藉著螢幕的光，他時不時側臉看她，觀察她的表情。

向暖看起來心不在焉，目光顯得有些空洞。

她和他一起看愛情電影，竟然一直走神……林初宴有些失望。

電影裡演到男孩和女孩一起種樹，兩人往樹根處埋土時，男孩的手蓋住了女孩的手。

林初宴心頭微動，手悄悄地朝向暖挪動。

向暖突然猛地拍了大腿。「我知道了！」

林初宴被她嚇了一跳。

「妳知道什麼了？」他低聲問，語氣有點不易察覺的無奈。

「我知道我在哪裡見過你爸爸了。」

「電視上？雜誌上？」

「不是。」向暖搖頭。「我有一次在主校區的湖邊看到他，他當時在打電話，氣急敗壞得很，我和歪歪學長都被嚇到了。叔叔很客氣地跟我們道歉，還說他生氣是因為自己的兒子。他說他兒子……」向暖說到這裡頓了一下，回憶裡出現那幾個擲地有聲的字：「胡攪蠻纏，不要臉。」

林初宴沒想到還有這樣的事。本來他想修復自己在向暖心目中的形象已經很吃力了，結果還被從中作梗，他爸在背後扯他後腿。很好，親爸爸。

向暖覺得這件事挺有趣的，笑嘻嘻地看著林初宴說：「知子莫若父。」

林初宴把手裡的爆米花捏得嘎吱響。

看完電影出來，向暖看到客廳裡多了一個人。不需要介紹，她就能猜出那位是林初宴的媽媽，因為長相有幾分相似，看得出林初宴的清秀相貌遺傳了媽媽。

越盈盈一看到向暖便眼前一亮，覺得這個女孩長得明豔又清純，真人比照片還要生動幾分。不等林初宴介紹，越盈盈就笑著說：「妳就是向暖吧？我聽初宴說過妳，又漂亮又可愛的女孩子。」

嗚，林初宴在別人面前說她又漂亮又可愛！雖然他是個神經病，但這一刻向暖選擇為他亮燈！

向暖有點不好意思地說：「阿姨好。」

「來，坐吧，等妳叔叔去做飯。妳叔叔做飯特別好吃，平常可是不輕易做的，我們今天有口福啦。」

越盈盈從外表到聲音都溫婉細膩，講話不急不徐，情緒很放鬆，再多的話講出來也不著急，給人一種又溫柔又有耐心的印象，讓人心生好感。

林雪原晚飯要用的食材已經請祕書送來了。他今天打算多做幾道菜，於是早早就進廚房。

林初宴留媽媽和向暖說話，他也跟進廚房說：「爸爸，有需要幫忙的嗎？」

對於兒子突然獻殷勤，林雪原表示不屑：「你能幫什麼忙？也就只會煮個泡麵。」

林初宴沒答話，看到那一堆食材裡有蔥，就把蔥拿出來剝。剝蔥總是會的。

林雪原圍著圍裙，把要洗的菜都放進洗菜池，一邊說道：「初宴，你別嫌我嘮叨。你說你到底會不會追女孩子？綁頭髮？虧你想得出來。」

林初宴指尖靈活，一層層地剝著蔥皮並回答：「她想綁，我有什麼辦法。」

「她想綁，你就讓她綁啊？你一個大男人，能不能有男子氣概一點？疼女人不是這樣疼的。我對你媽算好吧？你媽要是想幫我綁頭髮，我絕對不綁。」

林初宴幽幽地看了爸爸一眼。「她要你敷面膜，你就從來沒拒絕過。」

林雪原抽出一把剔骨刀，熟練地往砧板上一擺，瞪著他說：「再頂嘴就剁了你。」

林初宴不敢頂嘴了。剝完蔥，他湊近爸爸，小聲說：「我問你一件事。」

「嗯？說。」

「你在向暖面前說我胡攪蠻纏，不要臉？」

林雪原洗菜的動作停住，臉上閃過一絲心虛。緊接著，他理直氣壯地看著兒子反問：「我有說錯嗎？你是不是胡攪蠻纏？是不是不要臉？你自己心裡沒個底嗎？」

林初宴嘆了口氣說：「你在我喜歡的女孩面前這樣說我，我沒救了，剛剛向暖還笑我呢。要是我媽知道……」

林雪原深吸一口氣，一臉隱忍的樣子。他把手擦乾淨，掏出手機點了幾下。

林初宴看到自己的手機有訊息通知，是爸爸轉了五千塊錢人民幣過來。

嗯，封口費。

林初宴握著手機小聲說：「爸爸，你看不起我。」

林雪原又轉了五千塊人民幣。「夠了嗎？」

林初宴非常懂得見好就收的道理，所以把兩個紅包都領了，收起手機說：「我可不是為了錢，我是不想看到你和媽媽吵架。」

林雪原翻了個白眼。「滾。」

一個「滾」字說得鏗鏘有力，林初宴於是機靈地滾了。剛回到客廳，他就聽到來自自己親媽的尖叫。

他媽媽很少這樣失控。

他聽到媽媽說：「天啊！原來妳是向大英的女兒？」

第四十六章

越盈盈急著回來看傳說中的向暖，一來是因為好奇，二來也存著一點探究的心思。畢竟是初宴一心喜歡的女孩，當媽媽的說什麼也得觀察一下。她回來後與向暖聊了一下天，感覺這女孩天真可愛、落落大方，談吐也好。越盈盈正在心裡感嘆自家兒子眼光很好，與向暖聊著聊著便聊到她喜歡的畫家是向大英，結果向暖說了一句「那是我爸爸」。

越盈盈立刻就無法冷靜了。

溫柔可親的漂亮阿姨突然提高聲音，把向暖嚇得心臟顫了顫，有那麼一瞬間她甚至懷疑爸爸是不是在外面結了什麼仇……但緊接著她發現自己剛才忽略了一個很重要的事實——林初宴的爸爸曾經千辛萬苦地，想請她爸爸畫一幅畫送給妻子。

所以應該不是結仇，而是偶像崇拜？

向暖代入了一下自己。假如王者榮耀裡她最喜歡的兩個長相數一數二的英雄——諸葛亮和貂蟬一起走到她面前，想必她也會尖叫。

越盈盈為自己的失控感到不好意思，用一隻手緊緊握著另一隻手，無意識地輕輕揉著，朝向暖笑了笑說：「抱、抱歉，我有點激動。」說完看了一眼走過來的兒子，眼神有些抱怨。

林初宴因為被爸媽打擊到，一直不願和他們多提向暖，所以關於向暖的家世，他自然也沒來得及說。他走過來坐在沙發上說道：「我忘了跟你們提。」明明客廳裡沙發很寬敞，他偏偏要坐在向暖身邊，挨得不算近但也不遠。

向暖有點走神。

越盈盈鼓起勇氣，拉了向暖的小手。她把向暖的右手握在手裡，輕輕拍了一下，笑道：「我就想說什麼樣的人家可以養出這麼好的孩子，原來是向教授家，那就一點都不奇怪了。」

林初宴好想提醒一下媽媽，她的表情有點狗腿……

向暖被誇得都害羞了，紅著臉說：「阿姨您過獎了。」

「一點也不過獎，向暖，妳是不是不了解令尊在書畫界的地位？」

林初宴扶額。「令尊」都用上了呢……

向暖被越盈盈問得怔了一下。她只了解爸爸在家裡的地位，大多時候他都要聽老婆的話，可說是沒什麼地位……至於書畫界的地位，向暖在這樣的家庭薰陶下也不是完全不懂。她想了想書畫圈名聲比較響亮的大畫家，她爸爸雖然算有點名氣，但也沒到有什麼「江湖地位」的程度吧……？

向暖有些不確定地問越盈盈：「阿姨，我爸爸很有名嗎？」

「要說在書畫界的名氣，向教授的名頭並不是最響亮的，但他的地位很超然。早年拜國畫大師瞿文松先生為師，是瞿先生的關門弟子。他早期的書畫作品還有些瞿先生的影子，但很快就脫去窠臼，自成一派。畫作任意風流，生趣盎然。難得的是人品高潔，不慕名利，他很少賣畫，也從不拉幫結派。市面上流通的他的畫作，百分之九十九都是贗品。」越盈盈簡單總結了一下。

向暖彷彿聽了一段有聲的維基百科。聽了阿姨的介紹，她覺得自己每天在家裡看到的可能是個假的向大英同志……

越盈盈又說：「妳知道我們為什麼用『生趣盎然』來評價令尊的作品嗎？書畫界從不缺妙趣橫生的作品，但能當得起『生趣』一詞的，唯以向教授為首。」

向暖彷彿一個電視廣告裡的群眾演員，很配合地問道：「為什麼呢？」

「因為向教授的畫作蘊含著一種很純粹美好的生命力。純粹是因創作時一片丹心、毫無雜念，美好是他樂觀豁達的天性反映，生命力是他對這個世界的熱愛。」

越說越玄了……向暖都不知道該怎麼接了。

林初宴用一種看詐騙集團的眼神看著他的親媽。

「真的。」越盈盈的表情很認真。「傳說有人透過向教授的畫作，治好了抑鬱症。」

向暖想了想，問道：「會不會是有人想炒作啊？」

「不是，這件事並沒有被報導出來。我聽說記者都寫好新聞稿了，後來找向教授要好處。向教授報警說那是詐騙電話，新聞也就沒發了。」

還有這種事啊……

向暖無意間從別人那裡聽到自己親爸爸的八卦，感覺陌生又好玩。

後來越盈盈和向暖聊了很多，從人生哲學談到詩詞歌賦，林初宴才發現原來他媽媽可以說這麼多話。

他心情不太好。這種時候不是應該留他和向暖兩人獨處嗎……媽媽怎麼還不走……

別人都是找爸爸麻煩，他爸媽倒好，反而專門在找兒子麻煩。

※　※　※

林雪原做了八菜一湯，有涼有熱有葷有素。他做好晚飯後，越盈盈跟他說了向暖的來歷。林雪原除了驚訝，倒沒有太大反應，不像越盈盈那樣激動。他自知是個俗人，收藏幾個古董都算附庸風雅了，沒辦法像喜歡錢那樣去喜歡藝術。

不過看著自己老婆提到別的男性時眼神透著崇拜……好吧，他承認他還是有點嫉妒。

他也很能理解老婆。

越盈盈這個人特別喜歡畫畫，年輕時就是。可惜老天爺不開眼，給了她超一流的審美眼光，卻給了她十八流的繪畫天賦，無論如何努力，畫出來的東西總是透著一股匠氣——這是她自己說的，說是唬一唬外行人還可以，內行人一看就要笑了。所以她畫了畫從來不給人看，都藏在家裡。

林雪原覺得這種尷尬類似於明知道怎麼做能賺到錢卻偏偏做不到，只好眼睜睜看著別人數錢……想想那個畫面，心都要碎了。

「老公，你發什麼呆？」越盈盈說。

林雪原收回思緒，放下最後一盤菜，然後拍了拍老婆纖細的肩膀，神色十分鄭重地說：「老婆，加油。」

越盈盈：？？？

她莫名其妙地看了他一眼，然後低頭幫向暖盛了一碗飯。

向暖雙手捧過飯碗說：「謝謝阿姨。」

「向暖，在這裡就當是自己家，不要見外，多吃一點。」

「媽，我的呢？」林初宴問。

「你自己沒長手啊？」

林初宴坐得離飯鍋比較遠，他只好起身繞過來，自己盛飯。盛完自己的，又幫爸媽各盛了一碗，這算是以德報怨？

一頓飯吃得算是其樂融融吧，至少向暖和越盈盈滿和樂的。向暖現在超喜歡林初宴的媽媽，感覺這位阿姨什麼都懂，什麼都能聊兩句。而且再高深的東西，她都能用淺顯的語言講出來，再加上她講話總是平和又溫柔，讓人完全感覺不到距離感。

吃過晚飯，越盈盈問向暖：「向暖，妳喜歡看音樂劇嗎？」

「喜歡啊，阿姨妳有推薦的嗎？」

「我贊助了一個公益項目，是支持年輕人自己製作音樂劇的。」

「那很難得呢。」

「對啊。喔，今晚就有一場，妳要是想看，我——」

「媽。」林初宴突然打斷她們的交談。

越盈盈看向林初宴，發現兒子的目光帶著一點幽怨。

「我……」越盈盈為難地頓了一下，繼續說：「我和妳叔叔今晚都沒空，票放著也是過期浪費，不如妳和初宴去看看？」

林初宴悄悄鬆了口氣。媽媽終於不害兒子了，感天動地。

※　※　※

音樂劇的音樂很好聽，但劇情有點無聊。

向暖看到一半就有點撐不住，垂著頭一點一點的。

她其實滿想玩一局遊戲，但又覺得這樣不尊重演員。

只好這樣一直玩點頭遊戲。

點了一會兒，她肩上突然繞來一條手臂。
林初宴抬起手扣著她的腦袋輕輕用力，將她撥向自己的肩頭。
「睡吧。」他說。
向暖沒有絲毫抗拒，像一把柔軟的柳枝，順理成章似的靠在他肩上。
林初宴眼睛望著舞臺，目光卻有點空，因為他的注意力全在向暖身上。
他舔了舔唇角，想壓抑跳得過快的心臟。他擔心自己打鼓般的心跳聲把她吵醒。
向暖的身軀起伏均勻，看似睡得很熟。
在黑暗的遮掩下沒有人能看到，她的睫毛不安地顫抖著，臉蛋紅得像個小火爐。

※　※　※

這晚看完音樂劇，兩人一起回去，一路上都有些沉默。
越盈盈想得很周到，幫向暖準備了很多東西——盥洗用品、護膚品、拖鞋、睡衣等等，還有一個白色的香薰燈……可說是無微不至。
向暖覺得比住五星級飯店還舒適。
晚上她躺在柔軟的床上傳訊息給閔離離：睡了嗎，離傻？
閔離離秒回：還沒呢，暖傻，怎麼了？

唔。

向暖想跟閔離離說心事，但又覺得難以啟齒，便只回道：我明天要比賽了喔。

閔離離：我聽鄭東凱說了。

向暖：那妳都不幫我加油嗎？╮(╯▽╰)╭

閔離離：妳還有臉問。妳現在想起我來了啊？這段時間鄭東凱跟我說過的話都比妳跟我說的多！妳說，妳是不是在外面有人了？

向暖：……

閔離離：嗯？不會真的有人了吧？是哪個小賤人？我去砍了她。(╯_╰)#

向暖打電話給閔離離。

「離離，我好像喜歡一個人……」她紅著臉，似乎在說什麼丟臉的事情。

閔離離長長地「喔」了一聲說：『原來我們暖暖是思春了啊？讓我猜猜那個人是誰……那人姓閔，對不對？』

「妳別鬧，我是認真的。」

『好吧好吧……是林初宴對不對？』

向暖沉默了一會兒，小聲問她：「妳怎麼一猜就中啊？」

『妳以後可以叫我離神了。怎麼樣啊，暖傻，你們是不是快要在一起了？說好了，脫單要請客啊，我要吃什麼妳就得請我什麼。』

「沒有在一起，我還不知道他是怎麼想的呢。」

『哦？』

向暖眼珠子轉了轉，說道：「其實我覺得他可能也有點喜歡我。」

『哦？何以見得？』

「我跟妳說，上次情人節，他把別人要給我的巧克力偷偷換成了大便——」

『什麼鬼！這種男的不亂棍打死，妳是要留著過元宵節啊？』

「不是不是，妳聽我說完嘛！是大便形狀的巧克力！巧克力！本質上還是巧克力啊……」

『喔喔。』閔離離鬆了口氣。『我就想說林初宴雖然風評不好，但也不至於這麼噁心。』

「還有喔……」向暖回想起今天的事情，忍不住樂了。「他還讓我幫他綁頭髮。」

『是……他主動要求妳這樣做的？暖暖，聽我的話，這種男人不能要。』閔離離的語氣變得憂心忡忡以及語重心長。

「不是不是，是我要求的。他一開始不願意，後來就答應了。」

『暖暖啊，妳這話說得很容易讓我妄想出一本黃色小說耶！』

「……」還聊得下去嗎！

閔離離又說：『好了，說正事，你們到底什麼時候要在一起？給我確切的時間啊。我想想我要吃什麼，嘻嘻。』

向暖有些憂傷。「我也不知道啊，他又不向我表白。」

『那妳不會跟他表白嗎？』

向暖想像了一下那個情形，有些為難地說：「如果我表白，他嘲笑我怎麼辦？」

『他要是笑妳，妳就把他扔進洗衣機裡。』

「啥？」

『甩一甩他腦子裡的水。』

向暖幻想了一下Q版林初宴被塞進洗衣機甩腦子的畫面，有點搞笑。

※　※　※

第二天的大區賽是從下午兩點開始。楊茵沒留訓練任務給他們，向暖和林初宴兩人一上午都在雙排打遊戲，主要是放鬆身心熟悉感覺。

越盈盈送來一次水果、兩次茶水、一次甜點和零食，後來乾脆坐在向暖身邊看她玩。

這個時候林初宴就覺得自己不像是親生的。他媽媽知道他在玩這個遊戲，也知道他去參加比賽，但知道歸知道，平常也不會問一句，輸贏都不關她的事。這下倒好，她坐在向暖身邊，裝出一副能看懂的樣子，還生怕打擾到人家，一句話也不說。

過一會兒，向暖玩累了，肩膀有點痠而輕輕活動肩膀時，越盈盈看到便站起身說：「來，阿姨幫妳按按。」

向暖笑道：「阿姨妳人真好。」

林初宴感覺她們好得像一對姊妹。

不，不能這麼想。如果向暖和他媽媽變成姊妹，那他就得叫向暖阿姨了……林初宴想到這裡，一陣傻眼。

越盈盈問向暖：「妳今天的比賽，要不要化妝啊？」

向暖搖頭說：「不用吧，又不是選美。」

「不會上鏡頭嗎？」

「應該不會。雖然比賽有轉播，但都是遊戲畫面的轉播，沒有人解說，也不會轉到選手鏡頭。這次賽事的級別比較低，所以有些流程能省則省。」這些是楊茵說的，向暖把大概的意思轉述給越盈盈聽。

越盈盈說：「那也要多少化一下妝，萬一到時候被拍到呢？妳一定要以自己最好的狀態展示給外界看。」

說得彷彿向暖成了大明星。向暖聽了很開心，心裡輕飄飄的，接著又有點羞澀地說：「我其實不太會化妝……」熟練度不夠。T^T

越盈盈等的就是這句話。她輕輕一拍向暖的肩膀說：「我會，我幫妳化，保證把妳化得漂漂亮亮的。」

※※※

越盈盈幫向暖化妝時，發現這女孩的皮膚也太好了。膠原蛋白豐富，細膩白嫩透著點微紅，沒有斑或者痘疤，連痣都很少，只有在左下巴上有一顆芝麻粒大小的淺褐色的痣，不認真看幾乎看不出來。總之她的皮膚印證了那句話——年輕就是最好的化妝品。

越盈盈幫向暖化了淡妝，主要突顯水嫩嫩的少女感。向暖的一雙眼睛本來就靈氣逼人，在越盈盈的妙手之下顯得更大更靈動，像是會說話一樣。唇妝也要重點照顧到。向暖的唇形太好看了，是越盈盈最喜歡的部分，所以化得很仔細，化完特別有成就感。

化完妝，越盈盈把向暖帶到林初宴面前。

林初宴看得有些呆愣。

她本來就很漂亮，現在化了點妝，五官比平常更顯細膩精緻，尤其一雙眼睛清澈明亮，眼波如泓。被這樣一雙眼睛注視著，林初宴感覺內心一陣悸動。

林初宴老盯著向暖，讓她有點不自在。她低著頭，不安地扯了扯衣角。

越盈盈一副過來人的樣子，低頭笑了一下說：「早去早回啊，向暖。晚飯阿姨帶妳去吃好吃的。」

林初宴回過神說：「晚上我們要聚餐。」

「好吧。」

林初宴和向暖並肩往外走，走到門口時，林初宴突然說：「妳等我一下。」說完轉身，噠噠噠地跑上樓。

向暖一臉莫名。

不一會兒，林初宴又下來了。「走吧。」

※　※　※

兩人上車，林初宴坐在駕駛座上，側臉看著副駕駛座上的她。

封閉的空間裡，任何細微的動作都可能被放大，更何況是這麼毫不掩飾的目光。

向暖被他看得臉發燙，她別開臉小聲說：「看什麼看啊。」

「好看。」林初宴低聲說，說完笑了一聲。

笑聲也是低低的，聽起來有些愉悅。

向暖不知道該怎麼接話，就埋著頭不說話，心房卻已經滾燙了。

突然有一個盒子塞到她手裡。林初宴做這個動作時不知是有意還是無意，食指指尖刮到她的虎口，停了停才離開。

向暖心裡一顫，定睛一看發現那盒子是黑色的，看起來很精緻。盒蓋上印著銀色的文字，是義大利語，看不懂意思。

「這是什麼啊？」她問道。

「打開看看。」

她依言打開。

盒子裡躺著一枚櫻桃胸針。櫻桃的枝葉是用青銅做的，纖薄而逼真。兩顆櫻桃好像是用玻璃珠做的，暗紅色很漂亮。

「真好看。」她不禁這麼說道。

林初宴說：「戴看看。」

「要給我的啊？」

他側頭看向暖，眼裡帶著笑意。「不然呢？」

向暖看著他的目光，心想：這不是引人犯罪嗎……

向暖不敢看他了，低著頭拿出胸針，別在自己的毛衣上，然後欣賞了一下，怎麼看怎麼滿意。

向暖問道：「你怎麼會突然想到要送我這個？」

林初宴看著前方發動車子，看似不經意地答了一句：「早就想送了。」

向暖他們到時，楊茵和鄭東凱、歪歪已經先一步到了體育館。楊茵看到向暖，有點驚訝，笑道：「今天怎麼這麼漂亮啊？」

向暖笑嘻嘻地挽住楊茵的手臂。「茵姊姊今天也很美啊。」

今天算比較正式的場合，楊茵作為教練也化了妝。這兩人美美地往體育館走，三個男生跟在她們身邊，頗有護花使者的感覺。一路上遇到人，視線都往她們倆身上飄，連歪歪都感覺與有榮焉了。雖然美女不是他的女朋友，但和他是一夥的喔。

沈則木是最後一個到的。

楊茵今天是第一次見到沈則木本人，一眼望過去挺拔英俊，比她幻想的帥很多。不過這個人氣質是冷淡寡言，一看就不合群，是欠揍的類型。

沈則木第一眼看到的是向暖。

和一行人點了一下頭算是打了招呼，然後目光又往向暖身上飄。

接著他問向暖：「妳什麼時候回南山的？」

六個人當中，只有他和向暖不是本地人。

向暖回答：「我昨天就回來了。學長，你呢？」

沈則木追問：「妳沒住學校？」

呃……

向暖覺得如果照實回答說自己住在林初宴家，聽起來會太曖昧……雖然她還沒來得及對林初宴做些什麼。

向暖猶豫的期間，林初宴可不猶豫，直接替她回答：「向暖住在我家，學長。」

歪歪和鄭東凱的表情都有些尷尬。

沈則木與林初宴對看，兩人眼神都不太友善。楊茵一陣頭疼，她脫離學校太久了，不懂現在學生們的情趣。都要打比賽了，還有心思在這爭風吃醋？

終於，無恥的人更勝一籌。林初宴對著沈則木微微一笑，挑著眉問：「學長也來住我家吧？我們可以睡同個房間。」

沈則木一個「滾」字差點就要脫口而出，但視線一轉，發現其他人都在看他，於是他忍下來，只說了：「不用。」兩個字短促有力，連路人都能聽出他語氣裡的排斥。

這時，工作人員招呼他們可以進場了。一行人起身走向比賽席，沈則木走在前面，聽到身後的鄭東凱和林初宴說話。

鄭東凱說：「你家不是有很多房間嗎？哪需要擠同個房間。」

林初宴說：「我想和學長睡不行嗎？」

沈則木：「……」求求你們別說了。

向暖本來覺得林初宴有點喜歡她，現在也聽到他們講話，她就有點無法冷靜了。萬一林初宴這傢伙男女通吃怎麼辦？萬一他既喜歡她又喜歡沈學長呢？就像論壇上講的那樣……她要怎麼辦？為了獨占林初宴的愛而先去把沈則木泡到手嗎？……什麼鬼！

「你們，都給我專心點。」楊茵忍不住了。

向暖連忙收起心思，她覺得自己也是腦洞太大了。

時光戰隊的第一個對手是「波老師戰隊」。雙方選手進場前有一個握手的環節，向暖出於禮貌跟每個人握手時都保持微笑，還鄭重地祝福對手：「加油！」

對手五個男生跟她握完手，有三個臉是紅的。

那五個男生走向自己的座位時，一邊走一邊交談。

「那個女生會不會就是他們的祕密武器？她好漂亮，她是我見過最漂亮的女孩子！」

「肯定是！怎麼辦，我感覺自己要戀愛了……」

「大哥，可以專心打遊戲嗎？」

「對，專心打遊戲，贏了才能引起她的注意，才方便去要她的微信。」

「……我靠。」

時光戰隊這邊，他們五個人順序走進比賽房間時，楊茵突然叫住沈則木，兩人留在門外。

「怎麼了？」沈則木問。

楊茵抱著手臂，斟酌了一下措辭。她以前當職業選手時都是別人對她做賽前溝通，現在輪到她輔導別人了。楊茵當教練的時間並不長，好不容易轉型上崗後，還因為打了老闆而迅速丟掉工作。嚴格來說，時光戰隊的五個人是她真正當教練帶的第一批隊員。

這時她盡量把語氣放溫和，對沈則木說：「不管你們之間有什麼感情糾葛，都要先打好比賽，知道嗎？」

沈則木不喜歡楊茵說話的語氣，搞得好像他是個孩子。他居高臨下地看了楊茵一眼，淡淡地「嗯」了一聲，轉身走進比賽房間。

楊茵摸了摸後腦勺，感覺當教練比當選手累得多啊……

比賽房間是全封閉的，三面是牆，一面是明亮的落地窗，很寬敞。房間內有賽事專用的桌椅、手機、隔音耳機等。在一些大的賽事中，房間內還會有直播設備，現在因為賽事級別低，手頭緊，這些都免了。

對面的波老師戰隊並沒有教練，對比之下，向暖認為時光戰隊的戰鬥力更強。就像古代的農民起義大多以失敗告終，因為農民軍打不過正規軍。

而結果也像她預料的一樣，波老師戰隊以迅雷不及掩耳之勢潰敗了。

「對面的失誤有點多。」一局結束後，向暖說了。

歪歪：「我怎麼感覺……對面的表現欲有點強，都在亂玩……」

他說完，四個男生一齊看著向暖。眾人的表情大概在恍然大悟與心照不宣之間。

向暖摸了摸鼻子說：「有點扯啊……」

說對手是為了引起她的注意力才打這麼爛？這種事光想都覺得太自戀了。

但萬一真的是這樣呢？

向暖覺得不太好，搞得好像是他們故意用美色迷惑敵人，有點勝之不武的感覺。所以第二局開局後，她特意在公頻上說了：加油！

對面竟然給了回應。

小波：謝謝妹子，這局我們要是贏了能加個微信嗎？
初神：不能。
小波：要是輸了能加嗎？
暖神：……
他們這是在比賽吧？是吧是吧？怎麼會在比賽裡要微信？可不可以有點節操！
對手都自我放逐了，還鼓勵他們什麼？一個字：打！
顯然波老師戰隊的幾位隊員因為第一局狀態不好，第二局已經沒什麼鬥志了，苟延殘喘了一會兒，終究還是潰敗。
時光戰隊晉級。
「晉級得也太輕鬆了。」向暖忍不住吐槽了一句。
「下一局我們不能鬆懈。」歪歪說：「向暖的美色也不一定隨時都管用。」
「謝謝你喔，可以趕緊閉嘴嗎……」

※　※　※

準決賽的對手是魔方戰隊。魔方戰隊的人看到對手裡混著一個女孩子，似乎也很驚訝。賽前握手時，他們問向暖的遊戲ＩＤ是什麼。

歪歪幫向暖回答：「她的ＩＤ是暖神，你們手下留情啊。」

然而魔方戰隊並沒有手下留情，不僅如此，他們還把向暖當突破口來針對。

大概是覺得這麼漂亮的女孩子肯定玩不好吧。既然是弱雞一個，不打她要打誰？

問題是向暖她並不弱……

不僅不弱，她很懂戰士類英雄，一手老夫子又能打又能抗，一發現狀況不妙就溜得飛快，讓人想罵娘。

她不是團隊的突破口，而是團隊裡最堅硬的那塊石頭。魔方戰隊投入了精力，卻沒得到相應的回報，整個節奏都有點亂，打著打著就輸了。

第二局魔方戰隊學聰明了，給了向暖非常高規格的待遇——直接禁掉了她的老夫子。

向暖在楊茵的建議下選了楊戩。

她也不知道自己怎麼了，反正今天手感特別好。隊友也發覺向暖的手感好，就有意識地讓經濟，所以向暖的楊戩是全隊發育最好的一個點。楊戩是一個有寵物的男人，他的寵物是一條高貴的單身狗。他的單身狗可以放出去咬人，只要咬到人，楊戩就能立刻追上去。單身狗可以跑很遠的距離，這個技能在用於追擊、切入地方後排時都非常好，同時也能用於逃跑——單身狗咬一下前方的小兵或小怪，只要咬中，楊戩就會嗖地一下衝得比狗都快，敵人很難追上。

現在向暖手裡是楊戩，單身狗咬得快狠準，把敵方小脆皮砍得人仰馬翻。一個隊伍裡，如果法師和射手英雄的成長道路太艱辛，那麼這個隊就已經輸了八成。

魔方戰隊再次飲恨敗北。

比賽結束後，雙方走出比賽席握手道別。魔方戰隊的人對向暖說：「現在的妹子都這麼厲害嗎？」

向暖有點不耐煩了。「性別有那麼重要嗎？」

她說完這句話，感覺頭頂上突然多了一隻手揉了揉，拍了拍。

林初宴：「打得不錯。」他說完收回手。

向暖：「不許摸亂我的髮型。」

林初宴牽動嘴角。

歪歪看看他們，又看看沈則木，最後長長嘆了一聲，拍了拍沈則木的肩膀。嗯，一切盡在不言中。

※　※　※

他們決賽的對手是詩與遠方戰隊。

從準決賽結束到決賽開始，有一個小時的調整時間。楊茵把他們集合到備戰室，一行人一起粗略看了詩與遠方戰隊前兩場比賽的重播。

看完得出一個結論：這個戰隊的出場英雄很少。

對。

也就是說，他們的英雄池可能很淺很淺。

這支戰隊之前之所以能一路贏下來，是因為對手沒機會或沒時間研究他們，進而做出針對

現在時光戰隊可以做到了。

決賽時，時光戰隊打得比準決賽還輕鬆一點，把對方的優勢英雄禁掉、拿掉，或選出針對性陣容……要對付英雄池淺的隊伍，方法多得是。

打完這場，鎖定冠軍，出來之後歪歪第一個歡呼：「兩萬塊人民幣獎金入帳！每個人六千人民幣！我就當自己拿獎學金了！」

向暖提醒他：「你想得美，還有我們教練呢！你想讓教練做免錢的工嗎？」

「隨便給我一點就好了。」楊茵也很高興，一轉頭，發現沈則木正望著眾人，眼裡有些暖意。楊茵說道：「打得不錯。」這是說給沈則木聽的。

沈則木還是淡淡的一聲「嗯」，聽起來特別欠揍。

六人一起去找地方吃晚飯。楊茵看到林初宴今天又換了一輛賓士來開，她流著口水問林初宴能不能讓她開。

林初宴求之不得，自己坐在向暖身邊。

向暖贏了比賽特別激動，一直在和歪歪他們講話，回味剛才的精彩瞬間，互相吹捧……車內熱鬧得不得了。

林初宴聽著也不覺得煩，安靜地坐在向暖身邊，低著頭用手機傳訊息給陳應虎。

林初宴：我打算跟她表白了。你作為過來人，有什麼好的建議？

陳應虎：兄弟，我失戀了！

林初宴：……

※　※　※

向暖聚餐時本來想喝點小酒助興，可惜楊茵不准。

「後天就是全國賽，明天我幫你們安排了一整天的訓練，十二個小時。全國賽獎金五萬人民幣，看在錢的面子上，你們先忍忍。」

在那之後的兩天向暖忙得要死，暫時將兒女情長拋在腦後。第一天緊鑼密鼓地訓練，第二天，一行人一起開車去兩百公里外的玉明市參加本次校際聯賽的全國賽。

全國賽是每個大區的前兩名、一共八支隊伍參加。像大區賽一樣，三局兩勝單敗淘汰，一天之內決定出冠軍。

向暖他們的準備是很充分的。

確切地說，是楊茵的準備很充分。

楊茵把大區賽幾個參賽隊伍的比賽錄影都看了一遍，有些地方還要放慢速度看，邊看邊總結。她總結了各個隊伍的優勢和不擅長的地方，提前給大家看了。

向暖看到那份細膩詳細堪比論文的總結，就覺得時光戰隊贏了。別的隊伍當然也可以看到他們的比賽，但別的隊伍沒有楊茵，這是雙方最本質上的區別。

而事實也正如她所預料，時光戰隊一路過關斬將，雖偶有波折，最後終究是頑強地站在了冠軍的領獎臺上。

大學聯賽的直播本來是只直播遊戲畫面，沒有選手露臉。不過最後要直播頒獎典禮，所以冠軍隊伍自然會出現在鏡頭前。

頒獎典禮有點寒酸，沒有觀眾，錄影設備的品質也像是二手市場淘換來的，一切的一切都非常符合這類業餘賽事的氣質。

然後，在這樣的鏡頭裡，時光戰隊的五個成員一個個出現。

直播間被「哇靠」洗版了。

畢竟是業餘賽事，關注的人並不多。這下直播間的彈幕突然爆炸，甚至吸引了網站監測人員的注意。

哇靠，太他媽好看了——直播間的觀眾紛紛感嘆，遊戲打得好也就算了，長成這樣實在很不講理，而且還是南山大學的。可惡！根本不給人活路！

有一些觀眾並不沉迷於眼前的美色，他們想得長遠，於是紛紛跑去寄信給豌豆ＴＶ的官方，要求豌豆ＴＶ考慮一下，把這個戰隊的人簽下來做主播。

這樣大家就能天天看到男神女神啦！(＾_＾)v

此時，時光戰隊並不知道自己帶給別人怎麼樣的轟動，領完獎，他們就高高興興地出去分贓了。

分完錢，林初宴把向暖送到高鐵站。向暖已經提前買了回家的車票，明天是元宵節，她要回家和爸媽一起賞燈。

※　※　※

向暖他們的比賽獎金是按人頭分的，總共八萬塊人民幣，六個人，每人一萬三千多塊人民幣，所有獎金以銀行轉帳的方式發放。

向暖收到獎金後跑去銀行，把獎金都變成現金，然後回到家坐在客廳裡反覆地數。

她數完一遍，就握著一疊鈔票在手心裡甩兩下，甩出「啪啪」的脆響，一臉得意的樣子，特別欠揍。

任丹妍不忍直視，問她：「妳沒見過錢嗎？」

「那不一樣，這是我自己賺來的。妳老是說我玩遊戲不正派，那這是什麼啊？」說完又「啪啪」兩下。「打了六天，賺了一萬三人民幣，平均下來一個月賺六萬多人民幣。」

「喔，那滿好的啊，我們暖暖是大人了，那以後妳學雜費跟生活費就自己包了啊，媽媽不管了。」

向暖一聽，臉立刻垮了，扯著媽媽的手臂說：「媽……我又不是天天都有比賽。我還是個孩子，需要妳和爸爸的資助。」

任丹妍「哼」了一聲。

向暖「啾」地往她臉上親了一下。

任丹妍哭笑不得。「妳多大了還撒嬌，去去去。」

「媽，今天我們吃湯圓吧？」向暖說到這裡，想起忘卻寄給她的那些湯圓。她在南山無法簽收，是媽媽代收的，於是她說：「上次我朋友寄來的那些湯圓，我都還來不及嚐嚐看呢。」

「喔，那個，我和妳爸吃了，挺不錯的。」

「好耶好耶，我要吃。」

媽媽不好意思地看著她：「所以我們都吃光了。」

向暖：「……」真是親媽。T^T

※　※　※

向暖拿著獎金去商場敗了很多東西，自己賺錢自己花的感覺真爽。她幫爸爸買了一件春季款大衣，幫媽媽買了一條半身裙，然後想到越阿姨對她那麼好，就又幫越阿姨買了條絲巾。

然後又雜七雜八地買了些吃的玩的用的，還在王者榮耀裡課金抽了個武則天。

一萬三千多塊人民幣最後花得只剩三百多塊人民幣。

向暖總覺得自己忽略了什麼……喔，對，林初宴送了她胸針，她必須回禮。於是她又從自己的小金庫裡拿出一千多人民幣，湊了湊買了一支手錶。

早知道就不抽武則天了……/(ＴoＴ)/～

向暖打電話給林初宴。

兩天沒聽到他的聲音了，她壓抑著心裡那點躁動，說道：「林初宴，給我你家地址。我幫阿姨買了點東西，怕送貨時她不在家，不然我直接寫你的電話？對了，我還順手——」

『向暖，我不在家。』

「喔喔，那你在哪裡呢？」

『我在居源。』

居源是一個城市。

一個……沈則木居住的城市。

向暖心口重重一跳，腦子裡閃過很不好的猜測。不是她腦洞大胡思亂想，而是……許多蛛絲馬跡都在印證她可怕的腦洞。

感覺有點沮喪。

「林初宴。」她小聲叫他。

『嗯？』

向暖吞了一下口水，鼓起勇氣問他：「你不會是真的喜歡沈學長吧？」

林初宴聽到這句話，中分頭差點氣成爆炸頭。

冷靜，冷靜……

自己選的路跪著也要走完，自己選的人哭著也要喜歡。

向暖聽到林初宴的呼吸聲加重，像沉悶的風聲。

她覺得林初宴好像生氣了。

林初宴突然開口：『妳不知道我喜歡誰嗎？』

向暖心房一陣慌亂，語無倫次地說：「我我我我買了一支手錶給你。」

手機另一頭安靜了。

過了一會兒，她聽到林初宴低聲說：『等我回去收拾妳。』

第四十七章

向暖感覺這天沒辦法聊下去了。她正紅著臉不知該說什麼好，聽到手機那頭傳來另一個人的聲音，聲音有些遙遠：『初宴，電梯沒電了，你去樓下拿外送。』

林初宴回了那個人一句：『你是沒長腿嗎？』

『我失戀了！』

向暖：「……」

她聽覺很敏銳，聽出那是虎哥的聲音。所以……虎哥失戀了？

林初宴大老遠跑去居源市，是去安慰失戀的虎哥嗎？

片刻之後，向暖聽到開門關門的聲音，她知道是林初宴出門了。她很八卦地問他：「虎哥失戀了啊？」

林初宴倒是對她沒保留，回答：『確切地說，是他女朋友失聯了。』

「啊？」

『他聯繫不上女朋友，已經好幾天了。手機停話，微信和QQ留言都沒回覆，像是人間蒸發一樣。』

向暖愣了一下，然後問道：「這怎麼會是失戀呢？這算失蹤吧？怎麼不報警啊？萬一她出了什麼事呢……」

『失戀的可能性比較大。』

「為什麼這麼說？」

『那個叫可哥的女孩在失蹤前向虎哥借了一大筆錢。錢入賬第二天，她人就不見了。』林初宴一邊跟她解釋一邊下樓梯。空曠的樓梯間裡迴盪著他有節奏的腳步聲。

向暖算是聽懂了。「這是遇上騙子了吧？那也得報警啊……」

她聽到林初宴輕輕嘆了口氣。然後他說：『我覺得他暫時沒辦法面對這件事。如果真的報警了，然後警察抓到可哥，證明可哥確實是騙子……他受到的刺激只會更大。』

「那現在怎麼辦？」

『先讓他冷靜一下再說。』

「唉，虎哥真可憐。」向暖為虎哥感到難過。這種遊戲技術好又專情的男生多難得，偏偏遇上的是騙子。

林初宴最後強調了一句：『別告訴沈則木。』

他拿了外送，發現社區門口停著幾輛送快遞的三輪電動車。導盲磚邊蹲著兩個快遞小哥，一個順豐的一個圓通的，正在吃便當。順豐小哥還幫圓通小哥夾了菜，十分相親相愛的樣子。

林初宴問順豐小哥：「有林初宴的快遞嗎？」

「幾號樓？」

「六號。」

「好像有，我看看。」順豐小哥放下便當，掏鑰匙打開貨箱找了一下，說道：「兩個。」

「嗯。」林初宴應了一聲，掉頭就走。

快遞小哥呆住了。「喂，你不拿啊？」

「你們不是會送上門嗎？」

「大哥，可憐可憐我吧，今天電梯停電。」

林初宴給了小哥二十塊人民幣，請他把兩個箱子搬上五樓。

陳應虎好幾天沒出門了，現在身上還穿著睡衣，一副萎靡不振的樣子。他看到林初宴帶回兩個箱子，有些好奇，便揣著手圍著箱子晃來晃去，模樣像個在馬路邊尋找機會製造假車禍的老人。

等快遞小哥走後，陳應虎問林初宴：「這是什麼？」

「木頭。」

「你買木頭做什麼？」

「做房子。」

「……？？？」陳應虎一臉莫名其妙、不知所云。

林初宴沒解釋太多，與陳應虎一起吃了午飯。陳應虎沒什麼食慾，林初宴擔心浪費食物就沒點太多，只點了碗小米粥給陳應虎，幫自己點的是雞翅＋大蝦＋魚丸湯的豪華便當。

陳應虎吃了幾口就吃不下了。

林初宴說：「我勸你多吃點，哪天她回來看到你瘦成皮包骨，大概就不要你了。」

「她還會回來嗎……」

「可能吧。」

陳應虎默默地看著他。

林初宴說：「遇到這種事，很多人的第一反應都是騙子，但其實從嚴謹的邏輯出發，還有很多其他可能性。」

「哦？」

「也許她有什麼不得已的苦衷，比如還不了錢不敢面對你，比如得了絕症不想拖累你，比如發現自己是你失散多年的親妹妹，比如突然出車禍失憶了……你要給她時間恢復記憶。」

「你以為在演電視劇嗎……」

「你以為電視劇為什麼會那樣編？因為現實發生過。」

陳應虎被他說得愣在當場，低頭想了一會兒後說道：「你的錢我會還的。」

林初宴正用筷子剔掉雞翅的骨頭，聽到他說這句話便回答：「不急。」

陳應虎又說：「初宴，謝謝你啊。」

「不用客氣，今天還是你打地鋪。」

「……靠！」

陳應虎不喜歡在家聽爸媽嘮叨，現在獨自在外租了一間套房。林初宴為了省飯店前就住在陳應虎這裡，但他又不願與人同床。陳應虎第一天睡沙發，沙發太小，睡一睡差點閃到腰，第二天只好打地鋪。

說好了一人一天輪流打地鋪，結果輪到林初宴時他突然耍賴。

陳應虎可憐兮兮地看著林初宴說：「初宴，地上涼啊。」

「也對。」林初宴心軟了。「不然——」

「嗯？」

「我買個防潮墊給你。」

「……謝謝你做出這麼大的讓步。」

林初宴在網路上下單買了防潮墊，對陳應虎說：「這個防潮墊是買給你的，所以你每天都要用。」

「我都失戀了，你竟然這樣對我，你還是人嗎……」

「你至少談過戀愛，我一次都沒有，誰比較可憐？」

陳應虎張了張嘴。這個，還真不好說誰比較可憐。

吃過午飯，林初宴把快遞拆了，兩個箱子其中一個裡面是紋理漂亮的櫻桃木，另一個裡面是工具。

陳應虎蹲在旁邊，眼睜睜看著林初宴開始量木頭、鋸木頭、刨木頭。動作非常熟練。

陳應虎都看呆了，說道：「原來你爸爸是木匠啊？」

林初宴低頭刨著木屑，頭也不抬地回答：「不是。」

「那你這是跟誰學的？」

「自學。」

「你到底要幹什麼啊？」

「做房子。」

「什麼房子？」

林初宴拿過手機，找出一張效果圖給他看。

那是一棟非常漂亮的雙層別墅，結構很完備，還附一座小花園。

陳應虎「嘖」了一聲，將手機還給他並問：「這是你自己設計的？」

「嗯。」

「你弄這些幹什麼？像個女人。」

「要送人。」

「送誰？」

林初宴牽起嘴角，目光變得溫柔。「向暖。」

陳應虎覺得自己太多嘴了，問這些幹什麼？現在好了吧，被秀恩愛，他覺得心口特別疼。

※　※　※

林初宴在陳應虎這裡住了一個星期，陳應虎狀態漸漸好了一些，沒一開始那麼嚇人了。

而林初宴也成功地做好了小房子，他找了一些乾淨的小石頭放進木頭房子的花園裡，又撒了些草種。

做完小房子，剩下一些邊角材料，林初宴就幫陳應虎做了木魚。

「你是什麼意思！」陳應虎不高興了。「想勸我出家嗎？」

林初宴於是把木魚修改了一下，倒過來挖個坑，就是一個木頭碗了；敲木魚的錘子隨便挖一挖，改成一個吃飯的湯匙。

這隨機應變……陳應虎真是服了他。

「我要走了。」林初宴說：「今天開學。」

陳應虎點頭說：「我送你。」

他終於肯出門了。

兩人在機場逗留了很久。因為林初宴的飛機誤點，他們在機場吃了一頓難忘的晚餐。

晚餐之所以難忘，是因為太鹹了。

林初宴的飛機在南山機場落地時是晚上九點多。他叫了計程車，直奔鳶池校區。

※　※　※

向暖接到林初宴的電話時，已經十點半了。

「喂，林初宴。」向暖喊出這個名字後，莫名有點委屈的情緒。林初宴自從去安慰虎哥就不怎麼和她聯繫，也不玩遊戲，好像在刻意冷淡她。

她有一次夢見林初宴說自己真正喜歡的人是虎哥，當時就嚇醒了。

林初宴說：『出來。』簡潔俐落的兩個字。

向暖莫名其妙。「啊？」

『我在妳宿舍樓下。』

向暖跑到陽臺往下望，一眼就看到他了。他的影子被遠處的路燈拉得很長，此刻正仰著俊俏的小白臉往上看，似乎是看到了她。

向暖心口一熱，在睡衣外披了件羽絨衣，拖著拖鞋就跑下樓了。

到樓下看到林初宴時，她又突然放慢腳步，一步步走向他。他一身風塵僕僕的樣子，身邊立著行李箱，手裡提著一個盒子。

林初宴看著她朝自己走來，面孔越來越清晰，心中有一種難以言喻的悸動。

等走近時，他把向暖打量了一遍，視線由上往下，掠過她的羽絨衣和印著粉色小心心的睡褲，最終停留在裸露的纖細腳踝上。

「妳沒錢買襪子？」他問。

「不是……」向暖一陣尷尬，經他提醒才發覺腳踝有些涼意。她問了：「林初宴，這麼晚了你有什麼事？」連說出這麼平常的一句話，她的心跳都會加快。嗚嗚，真是沒救了。

林初宴遞給她一個四四方方的盒子。

盒子好大，比一個生日蛋糕大，用禮物紙包著，不知道裡面是什麼。

「這是什麼？」向暖接過盒子問道。

「妳要的東西。」

「我要的什麼啊？」

「自己看。」

向暖將盒子抱在懷裡，想扒開包裝紙。可惜盒子太大了，她必須用雙手才能抱住，騰不出手來拆包裝。

林初宴又看了一眼她的腳踝，都替她覺得冷。於是他說：「拿回寢室看。」

「喔，謝謝。」

「明天記得打電話給我，講一講心得。」

「啥？」

向暖滿頭問號，林初宴卻瀟灑地轉身，一手提著行李，另一手隨意揮了揮算是道別。

她抱著盒子回到寢室，一層層剝開嚴實的包裝，像剝洋蔥一樣。剝到最後，終於看到最裡面的東西。

那是一座漂亮的木頭房子。

像是普通的房子依比例縮放，做得非常逼真。屋頂、門窗、傢俱、花園……每一處都很真實。

向暖捧著臉，一顆心臟怦通怦通跳得癲狂。

閔離離經過，見她桌上擺著小房子便有些驚訝地說：「咦，好漂亮，這是哪來的？」說著伸出手想摸一摸。

向暖推開她的手說：「別碰別碰。」

「喂，暖暖，妳這是什麼表情？妳對著房子在臉紅什麼？太飢渴了吧，妳是在幻想什麼畫面啊？」

向暖輕輕推她。「走開走開，小孩子懂什麼。」

閔離離誇張地「嘿」了一聲。「我有什麼不懂的？我可是看過黃色文章的人，妳看過嗎？」

「我求求妳不要用驕傲的語氣講這種話啦……」

閔離離被推開了。向暖紅著臉繼續欣賞她的小房子。
她覺得林初宴的手真是太巧了，巧得不像男生。她推開小窗戶，摸了摸那些小床小桌子小椅子，然後又玩了玩柱子和柵欄。她桌上的檯燈很明亮，對比之下，小房子有點暗。
要是房裡的燈能亮就好了——她心想。
向暖在小房子的各處摸索，摸到底部時，發現那裡有一塊可移動的木板。她把木板移開，看到三節五號電池。
咦咦咦？
有電池就說明這些燈可以亮，不過開關在哪裡呢……
她又找了一會兒，最後推開一樓客廳的門，房子裡立刻亮起燈光。
那光是橘黃色的，淡而溫柔的光亮給小房子添了一些人情味。
向暖關上檯燈，小房子的燈光顯得明亮多了。
也漂亮多了。
她趴在桌上，下巴枕著手臂，微笑著。
就在這時，房裡突然響起了一道聲音。那聲音純淨、溫柔，又帶著點淡淡的笑意：『我喜歡妳。』
向暖嚇了一跳。
閔離離和另兩個室友也被嚇到了。

閔離離：「誰？誰在說話！我們寢室怎麼會有男人！」

向暖卻立刻明白了。

她把小房子的客廳門關上，燈光隨之全熄；然後推開，燈光再亮。

過一會兒，那道聲音再次響起，依舊是那麼純淨溫柔。

『我喜歡妳。』

向暖只覺得臉頰滾燙，心房也滾燙。她雙手捧著臉，埋起頭，自顧自地傻笑。

第四十八章

向暖怕影響到室友，躲進洗手間玩她的小房子，一開一關的，一遍遍聽林初宴說喜歡她。聽得她心花怒放，春心蕩漾。

閔離離挺擔心的，怕她瘋了。

終於，她把小房子玩到沒電了，才總算捨得睡覺。

向暖在床上還很興奮，失眠了好久才睡著。第二天她起床，眼底下一片烏青，彷彿被人打了。

向暖簡單化了妝，重點是把黑眼圈遮住。

她一邊拍遮瑕，一邊對正在刷牙的閔離離說：「離離，等一下下課要去超市嗎？」

閔離離含著一嘴泡沫，含糊地回答：「好喔，妳要買什麼？」

「買點電池。」

※　※　※

林初宴上午接了兩通電話，都不是向暖打來的。

一通來自陳應虎。虎哥深切地表達了對林初宴的思念，儘管兩人分開還不到二十四小時。

另一通電話來自忘卻。忘卻說他搭今天中午的火車到南山南站。

林初宴連續經歷了兩次失望，低頭滑動手機通訊錄。

說實話，對那傻子的智商也不是很有信心。

林初宴手機一收，換衣服出門。

※　※　※

向暖這天上午只有一堂課，是微觀經濟學。上完課，她和閔離離一邊走一邊商量午飯要吃什麼，走到經管大樓門口，她一眼就看到門口有一個人挨著龍爪槐樹站著。

小白臉、中分頭、大長腿。這不就是林初宴嗎？

彷彿心有靈犀，林初宴也從人潮中一眼捕捉到她的身影。

兩人互相望了一眼。向暖心跳加快，走向他，連腳步都變得輕盈了幾分。

林初宴今天穿著白色外套、淺藍色牛仔褲、白色板鞋，打扮得簡單又騷氣。隨便一站就是一幅風景，引得路人頻頻側目。

向暖走到他面前問：「你怎麼來了？」她不敢看他的眼睛，目光平視，視線不經意落在他的領口處。

她看到他微微敞開的領口露出一點鎖骨的線條。

好看。

林初宴低頭觀察了一下她的表情，接著就非常從善如流地抬起手，白皙的指尖扣著領口的拉鍊，稍稍往下拉開一些。

向暖：-_-#

什麼意思，搞得好像她是個色狼……

他發現向暖臉色不好，便扣著拉鍊問：「還要啊？」說著作勢要繼續拉。

「別別別鬧！」向暖嚇了一跳，趕緊捂住眼睛。

然後她聽到林初宴帶笑的聲音：「裡面是毛衣。妳在想什麼啊？」

向暖整張臉都紅了。

「我說……」閔離離突然出聲了。「雖然我很想裝死，不過還是要提醒一下，你們旁邊還有個大活人呢……」

林初宴視線一轉看了她一眼，問道：「妳打算一直站在這裡？」

「不不不，你們繼續。我去弄我的小黃車，拜拜！」說完，揹著書包轉身跑到停車處，擠在一堆人裡面掃QR碼。

「走吧。」林初宴接過向暖的包揹在自己肩上。包包其實不重，不過這好像已經變成他的習慣了。

向暖現在一看到林初宴就畏縮，小心翼翼地手插在口袋，埋著頭走在他身邊，看起來活像隻小鵪鶉。

走出去不遠，林初宴問：「房子還滿意嗎？」

「滿好看的。」向暖低著頭回答，頓了頓又說：「唉，只是有點可惜，房子裡的燈亮不起來，要不然更好看。」

林初宴腳步頓住，瞇著眼睛看她。

能看到的也只是她烏黑的頭頂。

這時，閔離離騎著小黃車路過。小黃車被她騎得歪歪扭扭的，好像隨時都會摔倒。閔離離毫不畏懼，經過向暖時問她：「暖暖，妳還要去超市嗎？」

「不去了。」

「喔，那電池我就幫妳買了。」

向暖：「……………」

閔離離：「不謝！走嘍！」

並沒有想謝妳好嗎……

向暖感覺自己好命苦，難得裝模作樣，結果不到一秒就被拆穿了。＝＝

林初宴笑出聲來。

向暖被他愉悅動聽的笑聲弄得一陣窘迫。

「妳買電池要幹嘛？」他明知故問。

向暖好羞憤，現在滿腦子只想逃跑，於是低著頭加快腳步。

林初宴一下子拉住她的手腕說：「跑什麼。」

她掙扎了一下，但沒掙脫。

林初宴變本加厲地手往下滑，握住了她的手。

她的手又小又軟，包裹在他滾燙的手掌裡，彷彿一艘小帆船停靠在風平浪靜的海灣。

向暖的心跳因此變快了許多。

林初宴終於得償所願牽住了她的手。他現在無比感動和滿足，心情好得不像話。

「牽了手，就是男女朋友了。」他說。

「喂，我還沒答應你呢。」

「妳不想答應的話，就把手收回去。」

他握得那麼緊，除非向暖是大力士或懂得縮骨功，否則怎麼可能抽回手。

「林初宴，你這個無賴。」

「我就是無賴，我賴定妳了。」

向暖被一個無賴牽著手，直接走出學校。

她覺得有點奇怪。「我們不吃飯嗎？」難道脫單第一天就要挨餓慶祝……

林初宴回答：「先去車站接個人，一起吃。」

「誰要來啊？」

「忘卻。」

「——哇！」向暖一聽興奮了，誇張地捂了一下嘴巴。「是我認識的那個忘卻嗎？」

林初宴低頭看著她，語氣不太友善：「妳跟我在一起了都沒這麼興奮。」

向暖的手還被他握著。隨著這句話，他的手指稍微用力收攏，捏了捏向暖的手，藉此表達不滿。

她臉一熱，轉開臉小聲說：「你能和忘卻比嗎？」

「怎麼不能比？」

「你貂蟬SOLO贏過他的露娜嗎？」

林初宴萬萬萬萬也沒想到她會在這裡等著自己。這個遊戲簡直是陰魂不散。其實他和忘卻只SOLO過一次，勝敗乃兵家常事，這很正常，他自己都快忘記了。不過輸贏不是重點，重點明明就是——

林初宴：「需不需要我再提醒妳一次，我現在是妳的男朋友。」

「哼哼。」

「所以妳要無條件站在我這邊。」

「菜鳥。」

「……」

很好，跟楊茵那老手一起玩，盡學些好話。

林初宴鬆開她的手，抬起手摸了摸她的頭，目光像個老父親一樣慈祥。「妳別逼我。」

向暖覺得他這樣很好玩。真是難得看到林初宴吃癟呢。於是她繼續刺激他：「菜鳥，菜鳥，菜鳥，哎喲——」突然一聲驚叫。

林初宴站在她身後，手臂圈住她的脖子攔在她頸前，將她往自己懷裡帶。

向暖整個身子完全靠到他懷裡，像是被他挾持了。

林初宴「挾持著」她，將她往幾步之外的一條小巷裡拖。

向暖一慌，雙手去扯他繞在脖子前的手臂。「你幹什麼啊！」

「收拾妳啊。」他笑著回答。低低的嗓音，語氣帶著點不懷好意的輕佻。

大街上人來人往，做什麼都不方便，他要把她拖進小巷裡「收拾」。

向暖臉爆紅，更加用力去扯他的手臂。

男女之間的力量差距很大，好在林初宴的動作雖強勢卻不粗魯，不敢弄疼向暖，所以沒太用力。

於是向暖終於成功掙脫。她這下羞得連脖子都紅了，不敢看他，直接跑掉了。

跑出去不遠，她聽到身後的他說：「不看忘卻了？」

嗚……

向暖幾乎沒有猶豫地折回來。

「你不許亂來了。」她警告林初宴。

她這樣像個受氣包，林初宴沒忍住，笑了出來。

「也不准笑啊……」她無力地瞪了他一眼。

林初宴抬起了手，食指的指尖往向暖的下嘴唇點了點。嘴唇柔軟Q彈的觸感勾得他心裡發癢。

向暖往後仰頭躲他。

他收回手說：「先欠著。」聲音壓得極低，聲線沉得有些異樣。

向暖覺得林初宴這樣講話時的聲音性感得不得了。她懷疑他是故意的，故意勾引她。

※　※　※

忘卻的火車誤點了十二分鐘。

向暖站在出口外，伸長了脖子看陸續湧出來的乘客。林初宴站在她身邊，比她冷靜一些。

等了一會兒，林初宴接到忘卻的電話，向暖聽到他說：「對，是南站口，你直接出來。我穿白衣服揹粉色單肩包，很好認。」
向暖聽得有些尷尬。不知道忘卻會不會懷疑即將見面的網友是個娘娘腔。
等了幾分鐘，出站的人一直很多，像過江的鯉魚一樣。向暖看到人群裡有個人高高地舉起手臂朝他們招手。
接著那個人走了過來。
來者身高一百七十三公分左右，穿著軍綠色大衣和黑色褲子。身材精瘦，膚色黝黑得很均勻，像是從醬油缸裡撈出來的。
走到身前，他朝他們笑了笑，露出一口超級亮白的牙齒。
向暖也不知道這算不算是一個定律，那就是——膚色越黑的人牙齒就越白，她幾乎沒看過例外。
他笑得很靦腆，眼底乾乾淨淨的，一看就覺得是個好人。
這讓向暖莫名地有些好感，便對他笑著說：「你就是忘卻吧？我是向暖，這是林初宴大菜鳥。」
林初宴抬手輕輕推了一下她的腦袋。「妳非常希望我收拾妳？」
向暖臉一紅，往旁邊挪了一步與他劃清界限。
「你們好，我是遊戲裡的忘卻，我大名叫路玉強。」那個人說。
他聲音有點粗，像海邊那種大顆的沙子，很特別，也不難聽。

「終於見面了。」林初宴說著伸出手與他握了握，雙方互相拍拍肩膀。接著林初宴又對忘卻說：「湯圓很好吃。」

向暖都不好意思提這件事。

互相認識完畢，忘卻問：「你們在一起了？」

林初宴眼珠子一斜，視線落在向暖臉上，牽起嘴角「嗯」了一聲。

忘卻很為他高興。「恭喜。」

向暖還有些難為情，林初宴卻不由分說地又牽起她的手，緊緊握住，還是那麼無賴。

※　※　※

三人午飯吃當地的特色料理。吃飯的時候，向暖打聽了忘卻這次來南山的目的。

他是來試訓的。

南山市是區域中心城市，娛樂遊戲產業很發達，這裡有不少電競俱樂部。忘卻這次要去的是一個名叫「極火」的俱樂部，他們的王者榮耀分部正在開放招青訓人員。

「青訓人員就是替補嗎？」向暖問。

「不是。」忘卻搖了搖頭。

向暖歪著腦袋等他解釋，他卻惜字如金沒說話。

林初宴對於這方面有些了解，便向她解釋：「青訓算是預備役。青訓營就是一個人才儲備庫。」

向暖一聽也明白了。「意思是你去了連替補都打不到，只能等機會？」

「嗯。」忘卻點了一下頭。他並無遺憾，強調了一句：「是有薪水的。」

「薪水一個月多少啊？」

「八千塊人民幣左右。」

「太少了吧？」

「不少啊……」

向暖覺得忘卻的身價不應該只有八千人民幣，八萬人民幣還差不多。

事實上，就算一個月八千塊人民幣，人家俱樂部也得先考察一下。忘卻經虎哥介紹認識了俱樂部領隊，先在網路上接觸了幾天，然後得到試訓邀請。來基地試訓一個星期，之後要考核，考核通過了才能正式進入青訓營。

向暖聽忘卻講著，就感覺有點委屈他的實力。

連林初宴都認為八千塊人民幣有點少。

忘卻覺得這兩個高材生在這方面有點天真，可能是因為還沒有太多社會歷練。他搬磚也不是一直能接到工作，不提間的時候，就算有工作，拚死拚活一個月也就四五千塊人民幣，還沒有社保。打遊戲一個月八千人民幣，收入穩定有社保，怎麼聽都像是天堂般的待遇了。

「我覺得滿好的。」忘卻說了。

看著這兩個同齡人不識人間疾苦的樣子，他覺得有點好笑，又有點羨慕。

—未完待續—

高寶書版集團
gobooks.com.tw

YH 032
時光微微甜〈中〉

作　　者　酒小七
責任編輯　陳凱筠
封面設計　Ancy pi
內頁排版　賴姵均
企　　劃　方慧娟

發 行 人　朱凱蕾
出　　版　英屬維京群島商高寶國際有限公司台灣分公司
　　　　　Global Group Holdings, Ltd.
地　　址　台北市內湖區洲子街88號3樓
網　　址　gobooks.com.tw
電　　話　(02) 27992788
電　　郵　readers@gobooks.com.tw（讀者服務部）
　　　　　pr@gobooks.com.tw（公關諮詢部）
傳　　真　出版部(02) 27990909　行銷部 (02) 27993088
郵政劃撥　19394552
戶　　名　英屬維京群島商高寶國際有限公司台灣分公司
發　　行　英屬維京群島商高寶國際有限公司台灣分公司
初　　版　2021年 4 月

本著作物由北京晉江原創網絡科技有限公司授權出版。

國家圖書館出版品預行編目(CIP)資料

時光微微甜〈中〉／酒小七著; -- 初版. -- 臺北市 : 高寶國際出版 : 高寶國際發行, 2021.04
　面；　公分. --

ISBN 978-986-506-063-3(上冊 : 平裝). --
ISBN 978-986-506-064-0(中冊 : 平裝). --
ISBN 978-986-506-065-7(下冊 : 平裝). --
ISBN 978-986-506-066-4(全套 : 平裝)

857.7　　110003991

GOBOOKS
& SITAK
GROUP ©